● 동백꽃 : 개정된 중학교 1학년 1학기 국어 교과서 게재 작품
● 만무방 : 고등학교 국어 교과서 게재 작품
● 봄　봄 : 고등학교 국어 교과서 게재 작품

맑은창 문학선 ④

봄 봄

찍은날 ▮ 2011년 7월 11일
펴낸날 ▮ 2011년 7월 18일

지은이 ▮ 김 유 정
작품해설 ▮ 이 철 송
펴낸이 ▮ 조 명 숙
펴낸곳 ▮ 도서출판 맑은창
등록번호 ▮ 제16-2083호
등록일자 ▮ 2000년 1월 17일

주소 ▮ 서울 · 금천구 가산동 771 두산 112-502
전화 ▮ (02) 851-9511
팩스 ▮ (02) 852-9511
전자우편 ▮ hannae21@korea.com

ISBN 978-89-86607-82-6 03810

값 7,000원

• 잘못된 책은 바꾸어드립니다.

봄봄

김유정 지음

도서출판 맑은창

차 례

봄봄

내가 이렇게 뒤통수를 긁고, 나이가 찼으니 성례
를 시켜 줘야 하지 않겠느냐고 하면 그 대답이 늘,
"이 자식아! 성례구 뭐구 미처 자라야지!"
하고 만다. 이 자라야 한다는 것은 내가 아니라
장차 내 아내가 될 점순이의 키 말이다.

"장인님! 인젠 저……."
내가 이렇게 뒤통수를 긁고, 나이가 찼으니 성례
를 시켜 줘야 하지 않겠느냐고 하면 그 대답이 늘,
"이 자식아! 성례구 뭐구 미처 자라야지!"
하고 만다. 이 자라야 한다는 것은 내가 아니라
장차 내 아내가 될 점순이의 키 말이다.

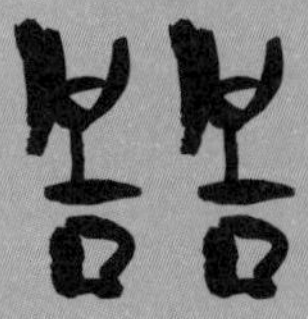

"장인님! 인젠 저⋯⋯."

내가 이렇게 뒤통수를 긁고, 나이가 찼으니 성례[1]를 시켜 줘야 하지 않겠느냐고 하면 그 대답이 늘,

"이 자식아! 성례구 뭐구 미처 자라야지!"

하고 만다. 이 자라야 한다는 것은 내가 아니라 장차 내 아내가 될 점순이의 키 말이다.

내가 여기에 와서 돈 한 푼 안 받고 일하기를 삼 년하고 꼬박이 일곱 달 동안을 했다. 그런데도 미처 못 자랐다니까 이 키는 언제야 자라는 겐지 짜증[2] 영문 모른다. 일을 좀더 잘해야 한다든지 혹은 밥을(많이 먹는다고 노상 걱정이니까) 좀 덜 먹어야 한다든지 하면 나도 얼마든지 할 말이 많다. 하지만 점순이가 안

죽[3] 어리니까 더 자라야 한다는 여기에는 어째 볼 수 없이 고만 벙벙하고[4] 만다.

이래서 나는 애초 계약이 잘못된 걸 알았다. 이태면 이태, 삼 년이면 삼 년, 기한을 딱 작정하고 일을 해야 원할 것이다. 덮어 놓고 딸이 자라는 대로 성례를 시켜주마 했으니 누가 늘 지키고 섰는 것도 아니고 그 키가 언제 자라는지 알 수 있는가. 그리고 난 사람의 키가 무럭무럭 자라는 줄만 알았지 붙배기[5] 키에 모로만 벌어지는 몸도 있는 것을 누가 알았으랴. 때가 되면 장인님이 어련하랴 싶어서 군소리 없이 꾸벅꾸벅 일만 해왔다. 그럼 말이다, 장인님이 제가 다 알아차려서,

"어 참, 너 일 많이 했다. 고만 장가들어라."

하고 살림도 내주고 해야 나도 좋을 것이 아니냐. 시치미를 딱 떼고 도리어 그런 소리가 나올까 봐서 지레 펄펄 뛰고 이 야단이다. 명색이 좋아 데릴사위지 일하기에 싱겁기도 할 뿐더러 이건 참 아무것도 아니다.

숙맥[6]이 그걸 모르고 점순이의 키 자라기만 까맣게 기다리지 않았나.

언젠가는 하도 갑갑해서 자를 가지고 덤벼들어서 그 키를 한 번 재 볼까 했다마는, 우리는 장인님이 내외를 해야[7] 한다고 해서 마주 서 이야기도 한마디 하는 법 없다. 우물길에서 어쩌다 마주칠 적이면 겨우 눈어림으로 재보고 하는 것인데 그럴 적마다 나는 저만치 가서,

"제-미 키두!"

하고 논둑에다 침을 퉤, 뱉는다. 아무리 잘 봐야 내 겨드랑(다른 사람보다 좀 크긴 하지만) 밑에서 넘을락 말락 밤낮 요 모양이다. 개돼지는 푹푹 크는데 왜 이리도 사람은 안 크는지, 한동안 머리가 아프도록 궁리도 해 보았다. 아하, 물동이를 자꾸 이니까 뼈다귀가 옴츠라드나 보다, 하고 내가 넌짓넌지시 그 물을 대신 길어도 주었다. 뿐만 아니라 나무를 하러 가면 서낭당에 돌을 올려놓고,

"점순이의 키 좀 크게 해줍소사. 그러면 담엔 떡 갖다 놓고 고사드립죠니까."

하고 치성도 한두 번 드린 것이 아니다. 어떻게 돼먹은 킨지 이래도 막무가내니-.

그래 내 어저께 싸운 것이지 결코 장인님이 밉다든가 해서가 아니다.

모를 붓다가 가만히 생각을 해 보니까 또 싱겁다. 이 벼가 자라서 점순이가 먹고 좀 큰다면 모르지만 그렇지도 못할 걸 내 심어서 뭘 하는 거냐. 해마다 앞으로 축 거불지는[8] 장인님의 아랫배(가 너무 먹은 걸 모르고 내병이라나, 그 배)를 불리기 위하여 심곤 조금도 싶지 않다.

"아이구 배야!"

난 몰 붓다 말고 배를 쓰다듬으면서 그대로 논둑으로 기어올랐다. 그리고 겨드랑에 꼈던 벼 담긴 키를 그냥 땅바닥에 털썩, 떨어뜨리며 나도 털썩 주저앉았다. 일이 암만 바빠도 나 배 아프면 고만이니까. 아픈 사람이 누가 일을 하느냐. 파릇파릇 돋아

오른 풀 한 숲⁹⁾을 뜯어 들고 다리의 거머리를 쓱쓱 문대며 장인님의 얼굴을 쳐다보았다.

논 가운데서 장인님이 이상한 눈을 해가지고 한참 날 노려보더니,

"너 이 자식, 왜 또 이래 응?"

"배가 좀 아파서유!"

하고 풀 위에 슬며시 쓰러지니까 장인님은 약이 올랐다. 저도 논에서 철벙철벙 둑으로 올라오더니 잡은참 내 멱살을 움켜잡고 뺨을 치는 것이 아닌가.

"이 자식아, 일 허다 말면 누굴 망해 놀 셈속이냐? 이 대가릴 까놀 자식!"

우리 장인님은 약이 오르면 이렇게 손버릇이 아주 못됐다. 또 사위에게 이 자식 저 자식 하는 이놈의 장인님은 어디 있느냐. 오죽해야 우리 동리에서 누굴 물론하고 그에게 욕을 안 먹는 사람은 명이 짧다 한다. 조고만 아이들까지도 그를 돌라세워 놓고 욕필이(본 이름이 봉필이니까) 욕필이 하고 손가락질을 할 만치 두루 인심을 잃었다. 허나 인심을 정말 잃었다면 욕보다 읍의 배참봉 댁 마름으로 더 잃었다. 본디 마름이란 욕 잘 하고 사람 잘 치고 그리고 생김 생기길 호박개¹⁰⁾ 같아야 쓰는 거지만 장인님은 외양이 똑 됐다. 장인이 닭 마리나 좀 보내지 않는다든가 애벌논 때 품을 좀 안 준다든가 하면 그해 가을에는 영락없이 땅이 뚝뚝 떨어진다. 그러면 미리부터 돈도 먹이고 술도 먹이고 안달재신¹¹⁾으로 돌아치던 놈이 그 땅을 슬쩍 돌라안는다. 이 바람에 장인님

집 외양간에는 눈깔 커다란 황소 한 놈이 절로 엉금엉금 기어들고, 동리 사람은 그 욕을 다 먹어가면서도 그래도 굽신굽신하는 게 아닌가?

그러나 내겐 장인님이 감히 큰소리할 계제가 못 된다.

뒷생각은 못 하고 뺨 한 개를 딱 때려 놓고는 장인님은 무색해서 덤덤이 쓴 침만 삼킨다. 난 그 속을 픽 잘 안다. 조금 있으면 갈[12]도 꺾어야 하고, 모도 내야 하고, 한창 바쁜 때인데 나 일 안 하고 우리 집으로 그냥 가면 고만이니까. 작년 이맘때도 트집을 좀 하니까 늦잠 잔다구 돌멩이를 집어던져서 자는 놈의 발목을 삐게 해 놨다. 사날씩이나 건승[13] 끙끙 앓았더니 종당에는 거반 울상이 되지 않았는가.

"애, 그만 일어나 일 좀 해라. 그래야 올 갈에 벼 잘되면 너 장가들지 않니."

그래 귀가 번쩍 띠어서 그날로 일어나서 남이 이틀 품 들일 논을 혼자 삶아 놓으니까 장인님도 눈깔이 커다랗게 놀랐다. 그럼 정말로 가을에 와서 혼인을 시켜줘야 원 경우가 옳지 않겠나. 볏섬을 척척 들여쌓아도 다른 소리는 없고 물동이를 이고 들어오는 점순이를 담배통으로 가리키며,

"이 자식아 미처 커야지. 조걸 데리구 무슨 혼인을 한다구 그러니 온!"

하고 남 낯짝만 붉게 해주고 고만이다. 골김에 그저 이놈의 장인님, 하고 댓돌에다 메꽂고[14] 우리 고향으로 내뺄까 하다가 꾹꾹 참고 말았다.

참말이지 난 이꼴 하고는 집으로 차마 못 간다. 장가를 들러 갔다가 오죽 못났어야 그대로 쫓겨 왔느냐고 손가락질을 받을 테니까.

논둑에서 벌떡 일어나 한풀 죽은 장인님 앞으로 다가서며,

"난 갈 테야유, 그 동안 사경[15] 쳐내슈 뭐."

"너 사위로 왔지 어디 머슴 살러 왔니?"

"그러면 얼찐 성례를 해줘야 안 하지유. 밤낮 부려만 먹구 해준다 해준다……."

"글쎄 내가 안 하는 거냐? 그년이 안 크니까……."

하고 어름어름[16] 담배만 담으면서 늘 하는 소리를 또 늘어놓는다.

이렇게 따져 나가면 언제든지 늘 나만 밑지고 만다. 이번엔 안 된다 하고 대뜸 구장님한테로 담판 가자고 소맷자락을 내끌었다.

"아 이 자식이 왜 이래 어른을."

안 간다고 뻗디디고 이렇게 호령은 제 맘대로 하지만 장인님 제가 내 기운은 못 당한다. 막 부려먹고 딸은 안 주고 게다 땅땅 치는 건 다 뭐야…….

그러나 내 사실 참 장인님이 미워서 그런 것은 아니다.

그 전날 왜 내가 새고개 맞은 봉우리 화전밭을 혼자 갈고 있지 않았느냐. 밭 가생이로 돌 적마다 야릇한 꽃내가 물컥물컥 코를 찌르고 머리 위에서 벌들은 가끔 붕, 붕, 소리를 친다. 바위틈에 서 샘물 소리밖에 안 들리는 산골짜기니까 맑은 하늘의 봄볕은

이불 속 같이 따스하고 꼭 꿈꾸는 것 같다. 나는 몸이 나른하고 몸살(을 아직 모르지만 병)이 나려고 그러는지 가슴이 울렁울렁하고 이랬다.

"이러이! 말이! 맘 마 마……."

이렇게 노래를 하며 소를 부리면 여느 때 같으면 어깨가 으쓱으쓱한다. 웬일인지 밭 반도 갈지 않아서 온몸의 맥이 풀리고 대구 짜증만 난다. 공연히 소만 들입다 두들기며,

"안야! 안야! 이 망할자식의 소(장인님의 소니까) 대리를 꺾어 들라."

그러나 내 속은 정말 안야 때문이 아니라 점심을 이고 온 점순이의 키를 보고 울화가 났던 것이다.

점순이는 뭐 그리 썩 이쁜 계집애는 못 된다. 그렇다고 또 개떡이냐 하면 그런 것도 아니고, 꼭 내 아내가 돼야 할 만치 그저 툽툽하게[17] 생긴 얼굴이다. 나보다 십 년이 아래니까 올해 열여섯인데 몸은 남보다 두 살이나 덜 자랐다. 남은 잘도 훤칠히들 크건만 이건 위아래가 몽툭한 것이 내 눈에는 헐없이 감참외[18] 같다. 참외 중에는 감참외가 젤 맛 좋고 이쁘니까 말이다. 둥글고 커단 눈은 서글서글하니 좋고 좀 지쳐 찢어졌지만 입은 밥술이나 혹혹히 먹음직하니 좋다. 아따 밥만 많이 먹게 되면 팔자는 고만 아니냐. 헌데 한 가지 파가 있다면 가끔가다 몸이(장인님은 이걸 체신이 없이 들까분다고 하지만) 너무 빨리빨리 논다. 그래서 밥을 나르다가 때없이 풀밭에서 깨박을 쳐서 흙투성이 밥을 곧잘 먹인다. 안 먹으면 무안해할까 봐서 이걸 씹고 앉았노라면

으적으적 소리만 나고 돌을 먹는 겐지 밥을 먹는 겐지…….

그러나 이날은 웬일인지 성한 밥째로 밭머리에 곱게 내려놓았다. 그리고 또 내외를 해야 하니까 저만큼 떨어져 이쪽으로 등을 향하고 웅크리고 앉아서 그릇 나기를 기다린다.

내가 다 먹고 물러섰을 때 그릇을 와서 챙기는데, 그런데 난 깜짝 놀라지 않았느냐. 고개를 푹 숙이고 밥 함지에 그릇을 포개면서 날더러 들으라는지 혹은 제 소린지,

"밤낮 일만 하다 말 텐가!"

하고 혼자서 쫑알거린다. 고대 잘 내외하다가 이게 무슨 소린가, 하고 난 정신이 얼떨떨했다. 그러면서도 한편 무슨 좋은 수가 있는가 싶어서 나도 공중을 대고 혼자말로,

"그럼 어떡해?"

하니까,

"성례시켜 달라지 뭘 어떡해……."

하고 되알지게 쏘아붙이고 얼굴이 발개져서 산으로 그저 도망질을 친다.

나는 잠시 동안 어떻게 되는 심판인지 맥¹⁹⁾을 몰라서 그 뒷모양만 덤덤히 바라보았다.

봄이 되면 온갖 초목이 물이 오르고 싹이 트고 한다. 사람도 아마 그런가 보다 하고 며칠 내에 부쩍(속으로) 자란 듯싶은 점순이가 여간 반가운 것이 아니다.

이런 걸 멀쩡하게 안즉 어리다고 하니까…….

우리가 구장님을 찾아갔을 때 그는 싸리문 밖에 있는 돼지우

리에서 죽을 퍼 주고 있었다. 서울엘 좀 갔다 오더니 사람은 점 잖아야 한다고 웃쇰[20]이(얼른 보면 지붕 위에 앉은 제비 꼬랑지 같다) 양쪽으로 뾰족이 뻗치고 그걸 에헴, 하고 늘 쓰담는 손버 릇이 있다. 우리를 멀뚱히 쳐다보고 미리 알아챘는지,

"왜 일들 허다 말구 그래?"

하더니 손을 올려서 그 에헴을 한번 후딱 했다.

"구장님! 우리 장인님과 츰에[21] 계약하기를……."

먼저 덤비는 장인님을 뒤로 떼다밀고 내가 허둥지둥 달려들다 가 가만히 생각하고,

"아니 우리 빙장[22]님과 츰에."

하고 첫번부터 다시 말을 고쳤다. 장인님은 빙장님, 해야 좋아 하고 밖에 나와서 장인님, 하면 괜스레 골을 내려고 든다. 뱀두 뱀이래야 좋냐구, 창피스러우니 남 듣는 데는 제발 빙장님, 빙모[23]님, 하라구 일상 말조짐을 받아오면서 난 그것도 자꾸 잊는다. 당장도 장인님, 하다 옆에서 내 발등을 꾹 밟고 곁눈질을 흘기는 바람에야 겨우 알았지만…….

구장님도 내 이야기를 자세히 듣더니 퍽 딱한 모양이었다. 하 기야 구장님뿐만 아니라 누구든지 다 그럴 게다. 길게 길러 둔 새끼손톱으로 코를 후벼서 저리 탁 튀기며,

"그럼 봉필 씨! 얼른 성례를 시켜주구려, 그렇게까지 제가 하 구 싶다는 걸……."

하고 내 짐작대로 말했다. 그러나 이 말에 장인님이 삿대질로 눈을 부라리고,

"아 성례구 뭐구 계집애년이 미처 자라야 할 게 아닌가?"

하니까 고만 멀쑤룩해서 입맛만 쩍쩍 다실 뿐이 아닌가.

"그것두 그래!"

"그래, 거진 사 년 동안에도 안 자랐다니 그 킨 은제 자라지유? 다 그만두구 사경 내슈……."

"글쎄, 이 자식아! 내가 크질 말라구 그랬니, 왜 날 보구 떼냐?"

"빙모님은 참새만한 것이 그럼 어떻게 앨 낳지유?(사실 장모님은 점순이보다도 귀때기 하나가 작다.)"

장인님은 이 말을 듣고 껄껄 웃더니(그러나 암만해두 돌 씹은 상이다) 코를 푸는 척하고 날 은근히 굟리려고 팔꿈치로 옆 갈비께를 퍽 치는 것이다. 더럽다. 나두 종아리의 파리를 쫓는 척하고 허리를 구부리며 어깨로 그 궁둥이를 콱 떼밀었다. 장인님은 앞으로 우쩔근 하고 싸리문께로 쓰러질 듯하다 몸을 바로 고치더니 눈총을 몹시 쏘았다. 이런 쌍년의 자식 하곤 싶으나 남의 앞이라서 차마 못하고 섰는 그 꼴이 보기에 퍽 쟁그러웠다.[24]

그러나 이 말에는 별반 신통한 귀정[25]을 얻지 못하고 도로 논으로 돌아와서 모를 부었다. 왜냐면 장인님이 뭐라구 귓속말로 수군수군하고 간 뒤다. 구장님이 날 위해서 조용히 데리고 아래와 같이 일러주었기 때문이다.(뭉태의 말은 구장님이 장인님에게 땅 두 마지기 얻어 부치니까 그래 꾀었다고 하지만 난 그렇게 생각 않는다.)

"자네 말두 하기야 옳지, 암 나이 찼으니까 아들이 급하다는 게 잘못된 말은 아니야. 하지만 농사가 한창 바쁠 때 일을 안 한다든가 집으로 달아난다든가 하면 손해죄로 그것두 징역을 가거든!(여기에 그만 정신이 번쩍 났다.) 왜 요전에 삼포말[26]서 산에 불 좀 놓았다구 징역 간 거 못 봤나. 제 산에 불을 놓아두 징역을 가는 이땐데 남의 농사를 버려 주니 죄가 얼마나 더 중한가. 그리고 자넨 정장을(사경 받으러 정장 가겠다 했다) 간다지만 그러면 괜스레 죄를 들쓰고 들어가는 걸세. 또 결혼두 그렇지, 법률에 성년이란 게 있는데 스물하나가 돼야지 비로소 결혼을 할 수 있는 걸세. 자넨 물론 아들이 늦을 걸 염려하지만 점순이로 말하면 인제 겨우 열여섯이 아닌가. 그렇지만 아까 빙장님의 말씀이 올 갈에는 열일을 제치고라두 성례를 시켜 주겠다 하시니 좀 고마울 겐가. 빨리 가서 모 붓던 거나 마저 붓게, 군소리 말구 어서 가.”

그래서 오늘 아침까지 끽소리 없이 왔다.

장인님과 내가 싸운 것은 지금 생각하면 뜻밖의 일이라 안 할 수 없다. 장인님으로 말하면 요즘 막 작인[27]들에게 행세를 좀 하고 싶다고 해서 ‘돈 있으면 양반이지 별 게 있느냐!’ 하고 일부러 아랫배를 툭 내밀고 걸음도 뒤틀리게 걷고 하는 이 판이다. 이까짓 나쯤 뚜들기다 남의 땅을 가지고 모처럼 닦아 놓았던 가문을 망친다든지 할 어른이 아니다. 또 나로 논지면[28] 아무쪼록 잘 봬서 점순이에게 얼른 장가를 들어야 하지 않느냐.

이렇게 말하자면 결국 어젯밤 뭉태네 집에 마실 간 것이 썩 나빴다. 낮에 구장님 앞에서 장인님과 내가 싸운 것을 어떻게 알았는지 대고 빈정거리는 것이 아닌가.

"그래 맞구두 그걸 가만둬?"

"그럼 어떡허니?"

"임마 봉필일 모판에다 거꾸루 박아 놓지 뭘 어떡해?"

하고 괜히 내 대신 화를 내가지고 주먹질을 하다 등잔까지 쳤다. 놈이 본시 괄괄은 하지만 그래놓고 날더러 석유값을 물라구 막 찌다우[29]를 붙는다. 난 어안이 벙벙해서 잠자코 앉았으니까 저만 연신 지껄이는 소리가,

"밤낮 일만 해주구 있을 테냐?"

"영득이는 일 년을 살구두 장갈 들었는데 난 사 년이나 살구두 더 살아야 해."

"네가 세 번째 사윈 줄이나 아니? 세 번째 사위."

"남의 일이라두 분하다 이 자식아, 우물에 가 빠져 죽어."

나중에는 겨우 손톱으로 목을 따라고까지 하고 제 아들 같이 함부로 훅닥이었다.[30] 별의별 소리를 다 해서 그대로 옮길 수는 없으나 그 줄거리는 이렇다.

우리 장인님이 딸이 셋이 있는데 맏딸은 재작년 가을에 시집을 갔다. 정말은 시집을 간 것이 아니라 그 딸도 데릴사위를 해가지고 있다가 내보냈다. 그런데 딸이 열 살 때부터 열아홉, 즉 십 년 동안에 데릴사위를 갈아들이기를, 동리에선 사위 부자라고 이름이 났지마는 열네 놈이란 참 너무 많다. 장인님이 아들은 없고 딸만 있는 고로 그담 딸을 데릴사위를 해올 때까지는 부려먹지 않으면 안 된다. 물론 머슴을 두면 좋지만 그건 돈이 드니

까, 일 잘하는 놈을 고르느라고 연팡[31] 바꿔 들였다. 또 한편 놈들이 욕만 줄창 퍼붓고 심히도 부려먹으니까 밸이 상해서 달아나기도 했겠지. 점순이는 둘째 딸인데 내가 일테면 그 세 번째 데릴사위로 들어온 셈이다. 내 담으로 네 번째 놈이 들어올 것을 내가 일두 참 잘하고 그리고 사람이 좀 어수룩하니까 장인님이 잔뜩 붙들고 놓질 않는다. 셋째 딸이 인제 여섯 살, 적어두 열 살은 돼야 데릴사위를 할 테므로 그동안은 죽도록 부려먹어야 된다. 그러니 인제는 속 좀 차리고 장가를 들여 달라구 떼를 쓰고 나자빠져라, 이것이다.

나는 건으로[32] 엉, 엉, 하며 귓등으로 들었다. 뭉태는 땅을 얻어 부치다가 떨어진 뒤로는 장인님만 보면 공연히 못 먹어서 으릉거린다. 그것도 장인님이 저 달라고 할 적에 제 집에서 위한다는 그 감투(예전에 원님이 쓰던 것이라나, 옆구리에 뽕뽕 좀먹은 걸레)를 선뜻 주었더라면 그럴 리도 없었던 걸…….

그러나 나는 뭉태란 놈의 말을 전수히[33] 곧이듣지 않았다. 꼭 곧이들었다면 간밤에 와서 장인님과 싸웠지 무사히 있었을 리가 없지 않은가. 그러면 딸에게까지 인심을 잃은 장인님이 혼자 나빴다.

실토이지, 나는 점순이가 아침상을 가지고 나올 때까지는 오늘도 또 얼마나 밥을 담았나, 하고 이것만 생각했다. 상에는 된장찌개하고 간장 한 종지, 조밥 한 그릇, 그리고 밥보다 더 수북하게 담은 산나물이 한 대접, 이렇다. 나물은 점순이가 틈틈이 해오니까 두 대접이고 네 대접이고 멋대로 먹어도 좋으나 밥은 장인님이 한 사발 외엔 더 주지 말라고 해서 안 된다. 그런데 점순이가 그 상을 내 앞에 내려놓으며 제 말로 지껄이는 소리가,

"구장님한테 갔다 그냥 온담 그래!"

하고 엊그제 산에서와 같이 되우 쫑알거린다. 딴은 내가 더 단단히 덤비지 않고 만 것이 좀 어리석었다, 속으로 그랬다. 나도 저쪽 벽을 향하여 외면하면서 내 말로,

"안 된다는 걸 그럼 어떡한담!"

하니까,

"수염을 잡아채지 그냥 둬, 이 바보야!"

하고 또 얼굴이 빨개지면서 성을 내며 안으로 샐쭉하니 튀들어가지 않느냐. 이때 아무도 본 사람이 없었기에 망정이지 보았다면 내 얼굴이 어미 잃은 황새새끼처럼 가엾다 했을 것이다.

사실 이 때만치 슬펐던 일이 또 있었는지 모른다. 다른 사람은 암만 못생겼다 해도 괜찮지만 내 아내 될 점순이가 병신으로 본다면 참 신세는 따분하다. 밥을 먹은 뒤 지게를 지고 일터로 가려 하다 도로 벗어던지고 바깥 마당 공석 위에 드러누워서 나는 차라리 죽느니만 같지 못하다 생각했다.

내가 일 안 하면 장인님 저는 나이가 먹어 못하고 결국 농사 못 짓고 만다. 뒷짐으로 트림을 꿀꺽 하고 대문 밖으로 나오다 날 보고서,

"이 자식아! 너 왜 또 이러니?"

"관격[34]이 났어유, 아이구 배야!"

"기껀 밥 처먹고 나서 무슨 관격이야, 남의 농사 버려주면 이

자식아 징역 간다 봐라!"

"가두 좋아유, 아이구 배야!"

참말 난 일 안 해서 징역 가도 좋다 생각했다. 일후[35] 아들을 낳아도 그 앞에서 바보 바보 이렇게 별명을 들을 테니까 오늘은 열 쪽이 난대도 결정을 내고 싶었다.

장인님이 일어나라고 해도 내가 안 일어나니까 눈에 독이 올라서 저편으로 힝하게 가더니 지게막대기를 들고 왔다. 그리고 그걸로 내 허리를 마치 돌 떠넘기듯이 쿡 찍어서 넘기고 넘기고 했다. 밥을 잔뜩 먹고 딱딱한 배가 그럴 적마다 퉁겨지면서 밸창이 꼿꼿한 것이 여간 켕기지 않았다. 그래도 안 일어나니까 이번에는 배를 지게막대기로 위에서 쿡쿡 찌르고 발길로 옆구리를 차고 했다. 장인님은 원체 심정이 굳어서 그렇지만 나도 저만 못하지 않게 배를 채었다. 아픈 것을 눈을 꽉 감고 넌 해라 난 재미난 듯이 있었으나 볼기짝을 후려갈길 적에는 나도 모르는 결에 벌떡 일어나서 그 수염을 잡아챘다마는 내 골이 난 것이 아니라 정말은 아까부터 부엌 뒤 울타리 구멍으로 점순이가 우리들의 꼴을 몰래 엿보고 있었기 때문이다.

가뜩이나 말 한마디 똑똑히 못 한다고 바보라는데 매까지 잠자코 맞는 걸 보면 짜장 바보로 알 게 아닌가. 또 점순이도 미워하는 이까짓 놈의 장인님 나하곤 아무것도 안 되니까 막 때려도 좋지만 사정 보아서 수염만 채고(제 원대로 했으니까 이때 점순이는 퍽 기뻤겠지) 저기까지 잘 들리도록,

"이걸 까셀라 부다!"

하고 소리를 쳤다.

장인님은 더 약이 바짝 올라서 잡은 참 지게막대기로 내 어깨를 그냥 내리갈겼다. 정신이 다 아찔하다. 다시 고개를 들었을 때 그때엔 나도 온몸에 약이 올랐다. 이 녀석의 장인님을, 하고 눈에서 불이 퍽 나서 그 아래 밭 있는 넝알[36]로 그대로 떼밀어 굴려 버렸다. 조금 있다가 장인님이 씩, 씩, 하고 한번 해 보려고 기어오르는 걸 얼른 또 떼밀어 굴려 버렸다.

기어오르면 굴리고, 굴리면 기어오르고, 이러길 한 너덧 번을 하며 그럴 적마다,

"부려만 먹구 왜 성례 안 하지유!"

나는 이렇게 호령했다. 하지만 장인님이 선뜻, 오냐 널이라두 성례시켜 주마, 했으면 나도 성가신 걸 그만두었을지 모른다. 나야 이러면 때린 건 아니니까 나중에 장인 쳤다는 누명도 안 들을 터이고 얼마든지 해도 좋다.

한번은 장인님이 헐떡헐떡 기어서 올라오더니 내 바짓가랑이를 요렇게 노리고서 단박 움켜잡고 매달렸다. 악, 소리를 치고 나는 그만 세상이 다 팽그르 도는 것이,

"빙장님! 빙장님! 빙장님!"

"이 자식! 잡아먹어라. 잡아먹어!"

"아! 아! 할아버지! 살려 줍쇼, 할아버지!"

하고 두 팔을 허둥지둥 내저을 적에는 이마에 진땀이 쭉 내솟고 인젠 참으로 죽나 보다 했다. 그래도 장인님은 놓질 않더니 내가 기어이 땅바닥에 쓰러져서 거의 까무러치게 되니까 놓는

다. 더럽다 더럽다. 이게 장인님인가, 나는 한참을 못 일어나고
쩔쩔맸다. 그렇게 얼굴을 드니(눈에 참 아무것도 보이지 않았다)
사지가 부르르 떨리면서 나도 엉금엉금 기어가 장인님의 바짓가
랑이를 꽉 움키고 잡아낚았다.

내가 머리가 터지도록 매를 얻어맞은 것이 이 때문이다. 그러
나 여기가 또한 우리 장인님이 유달리 착한 곳이다. 여느 사람이
면 사경을 주어서라도 당장 내쫓았지 터진 머리를 불솜으로 손
수 지져 주고, 호주머니에 희연 한 봉을 넣어 주고 그리고,

"올 갈엔 꼭 성례를 시켜 주마. 암말 말구 가서 뒷골의 콩밭이
나 얼른 갈아라."

하고 등을 뚜덕여 줄 사람이 누구냐.

나는 장인님이 너무나 고마워서 어느덧 눈물까지 났다. 점순
이를 남기고 인젠 내쫓기려니, 하다 뜻밖의 말을 듣고,

"빙장님! 인제 다시는 안 그러겠어유."

이렇게 맹세를 하며 부랴부랴 지게를 지고 일터로 갔다.

그러나 이때는 그걸 모르고 장인님을 원수로만 여겨서 잔뜩
잡아당겼다.

"아! 아! 이놈아! 놔라, 놔, 놔……."

장인님은 헛손질을 하며 솔개미[37]에 챈 닭의 소리를 연해 질렀
다. 놓긴 왜, 이왕이면 호되게 혼을 내주리라, 생각하고 짓궂이
더 댕겼다마는 장인님은 땅에 쓰러져서 눈에 눈물이 피잉 도는
것을 알고 좀 겁도 났다.

"할아버지! 놔라, 놔, 놔, 놔놔."

그래도 안 되니까,

"얘 점순아! 점순아!"

이 악장[38]에 안에 있었던 장모님과 점순이가 헐레벌떡하고 단숨에 뛰어나왔다.

나의 생각에 장모님은 제 남편이니까 역성을 할는지도 모른다. 그러나 점순이는 내 편을 들어서 속으로 고수해서[39] 하겠지― 대체 이게 웬 속인지(지금까지도 난 영문을 모른다) 아버질 혼내주기는 제가 내래 놓고 이제 와서는 달려들며,

"에구머니! 이 망할 게 아버지 죽이네!"

하고 내 귀를 뒤로 잡아당기며 마냥 우는 것이 아니냐. 그만 여기에 기운이 탁 꺾이어 나는 얼빠진 등신이 되고 말았다. 장모님도 덤벼들어 한쪽 귀마저 뒤로 잡아채면서 또 우는 것이다.

이렇게 꼼짝도 못하게 해놓고 장인님은 지게막대기를 들어서 사뭇 내려조졌다. 그러나 나는 구태여 피하려 하지도 않고 암만해도 그 속 알 수 없는 점순이의 얼굴만 멀거니 들여다보았다.

"이 자식! 장인 입에서 할아버지 소리가 나오도록 해?"

소낙비

음산한 검은 구름이 하늘에 뭉게뭉게 모여드는
것이 금시라도 비 한줄기 할 듯하면서도
여전히 짓궂은 햇발은 겹겹 산속에 묻힌
외진 마을을 통째로 자실 듯이 달구고 있었다.
이따금 생각하는 듯 살매 들린 바람은 논밭 간의
나무들을 뒤흔들며 미쳐 날뛰었다.

소낙비

  음산한 검은 구름이 하늘에 뭉게뭉게 모여드는 것이 금시라도 비 한줄기 할 듯하면서도 여전히 짓궂은 햇발은 겹겹 산속에 묻힌 외진 마을을 통째로 자실 듯이[1] 달구고 있었다. 이따금 생각하는 듯 살매 들린[2] 바람은 논밭 간의 나무들을 뒤흔들며 미쳐 날뛰었다. 뫼 밖으로 농군들을 멀리 품앗이로 내보낸 안말의 공기는 쓸쓸하였다. 다만 맷맷한[3] 미루나무 숲에서 거칠어 가는 농촌을 읊는 듯 매미의 애끓는 노래—.

  매-음! 매-음!

  춘호는 자기 집—올 봄에 오 원을 주고 사서 든 묵삭은[4] 오막살이 집—방문턱에 걸터앉아서 바른 주먹으로 턱을 고이고는 봉당[5]에서 저녁으로 때울 감자를 씻고 있는 아내를 묵묵히 노려

보고 있었다. 그는 사날 밤[6]이나 눈을 안 붙이고 성화를 하는 바람에 농사에 고리삭은[7] 그의 얼굴은 더욱 해쓱하였다.

아내에게 다시 한 번 졸라 보았다. 그러나 위협하는 어조로,

"이봐 그래, 어떻게 돈 이 원만 안 해줄 터여?"

아내는 역시 대답이 없었다. 갓 잡아온 새댁 모양으로 씻는 감자나 씻을 뿐 잠자코 있었다.

되나 안 되나 좌우간 이렇다 말이 없으니 춘호는 울화가 터져서 죽을 지경이었다. 그는 타곳에서 떠들어온 몸이라 자기를 믿고 장리를 주는 사람도 없고 또는 그 잘량한[8] 집을 팔려 해도 단 이삼 원의 작자도 내닫지 않으므로 앞뒤가 꼭 막혔다. 마는 그래도 아내는 나이 젊고 얼굴 똑똑하겠다 돈 이 원쯤이야 어떻게라도 될 수 있겠기에 묻는 것인데 들은 체도 안 하니 괘씸한 듯싶었다.

그는 배를 튀기며 다시 한 번,

"돈 좀 안 해줄 테여?"

하고 소리를 빽 질렀다.

그러나 대꾸는 역시 없었다. 춘호는 노기 충천하여 불현듯 문지방을 떠다밀며 벌떡 일어섰다. 눈을 홉뜨고[9] 벽에 기댄 지게막대기를 손에 잡자 아내의 옆으로 바람같이 달려들었다.

"이년아, 기집 좋다는 게 뭐여? 남편의 근심도 덜어 주어야지, 끼고 자자는 기집이여?"

지게막대는 아내의 연한 허리를 모지게 후렸다. 까부러지는 비명은 모지락스레[10] 찌그러진 울타리 틈을 벗어 나간다. 잽처[11]

지게막대는 앉은 채 고까라진[12] 아내의 발뒤축을 얼러 볼기를 내려갈겼다.

"이년아, 내가 언제부터 너에게 조르는 게여?"

범같이 호통을 치고 남편이 지게막대를 공중으로 다시 올리며 모즈름[13]을 쓸 때 아내는,

"에구머니!"

하고 외마디를 질렀다. 연하여 몸을 뒤치자 거반[14] 엎어질 듯이 싸리문 밖으로 내달렸다. 얼굴에 눈물이 흐른 채 황그리는[15] 걸음으로 문 앞의 언덕을 내리어 개울을 건너고 맞은쪽에 뚫린 콩밭 길로 들어섰다.

"너, 네가 날 피하면 어딜 갈 테여?"

발길을 막는 듯한 의미 있는 호령에 달아나던 아내는 다리가 멈칫하였다. 그는 고래를 돌려 싸리문 안에 아직도 지게막대를 들고 섰는 남편을 바라보았다. 어른에게 죄진 어린애같이 입만 종깃종깃[16]하다가 남편이 뛰어나올까 겁이 나서 겨우 입을 열었다.

"쇠돌 엄마 집에 좀 다녀 올게유."

주볏주볏 변명을 하고는 가던 길을 다시 힝하게[17] 내걸었다. 아내라고 요새 이 돈 이 원이 급시로 필요함을 모르는 바도 아니었다. 마는 그의 자격으로나 노동으로나 돈 이 원이란 감히 땅띔도 못해[18] 볼 형편이었다. 벌이라야 하잘것없는 것 – 아침에 일어나기가 무섭게 남에게 뒤질까 영산이 올라 산으로 빼는 것이다. 조고만 종댕이[19]를 허리에 달고 거한 산중에 드문드문 박여 있는 도라지, 더덕을 찾아가는 것이었다. 깊은 산속으로 우중충한 돌

틈바기로 잔약한 몸으로 맨발에 짚신짝을 끌며 강파른 산등을 타고 젖 먹던 힘까지 녹아내리는 듯 진땀은 머리로 발끝까지 쭉 흘러내린다.

아랫도리를 단 외겹으로 두른 낡은 치맛자락은 다리로, 허리로 척척 엉기어 걸음을 방해하였다. 땀에 불은 종아리는 거친 숲에 긁혀 메어 그 쓰라림이 말이 아니다. 게다 무거운 흙내는 숨이 탁탁 막히도록 가슴을 질른다.[20] 그러나 삶에 발버둥치는 순직한 그의 머리는 아무 불평도 일지 않았다.

가믈[21]에 콩 나기로 어쩌다 도라지 순이라도 어지러운 숲 속에 하나, 둘, 뾰죽이 뻗어 오른 것을 보면 그는 그래도 기쁨에 넘치는 미소를 띠었다.

때로는 바위도 기어올랐다. 정 못 기어오를 그런 험한 곳이면 칡덩굴에 매달리기도 하는 것이었다. 땟국에 전 무명 적삼은 벗어서 허리춤에다 꾹 찌르고는 호랑이 숲이라 이름난 강원도 산골에 매달려 기를 쓰고 허비적거린다. 골바람은 지날 적마다 알몸을 두른 치맛자락을 공중으로 날린다. 그제마다 검붉은 볼기짝을 사양 없이 내보이는 칡덩굴의 그를 본다면, 배를 움켜쥐어도 다 못 볼 것이다. 마는 다행히 그윽한 산골이라 그 꼴을 비웃는 놈은 뻐꾸기뿐이었다.

이리하여 해동갑[22]으로 헤갈[23]을 하고 나면 캐어 모은 도라지, 더덕을 얼러[24] 사발 가웃, 혹은 두어 사발 남짓하게 되는 것이다. 그러면 동리로 내려와 주막거리에 가서 그걸 내주고 보리쌀과 사발 바꿈을 하였다. 그러나 요즘엔 그나마도 철이 겨웠다고 소출이 없다. 그 대신 남의 보리방아를 온종일 찧어 주고 보리밥 그릇이나 얻어다가는 집으로 돌아와 농토를 못 얻어 뻔뻔히 노는 남편과 같이 나누는 것이 그날 하루하루의 생활이었다.

그러고 보니 돈 이 원커녕 당장 목을 딴대도 피도 나올지가 의문이었다.

만약 돈 이 원을 돌린다면 아는 집에서 보리라도 뀌어 파는 수밖에는 다른 도리가 없다. 그리고 온 동리의 아낙네들이 치맛바람에 팔자 고쳤다고 쑥덕거리며 은근히 시새우는 쇠돌 엄마가 아니고는 노는 벌이를 가진 사람이 없다. 그런데 도적이 제발 저리다고 그는 자기 꼴 주제에 제불에 눌려서 호사로운 쇠돌 엄마에게는 죽어도 가고 싶지 않았다. 쇠돌 엄마도 처음에야 자기와 같이 천한 농부의 계집이련만 어쩌다 하늘이 도와 동리의 부자 양반 이 주사와 은근히 배가 맞은 뒤로는 얼굴도 모양내고 옷치장도 하고 밥걱정도 안 하고 하여 아주 금방석에 뒹구는 팔자가 되었다. 그리고 쇠돌 아버지도 이게 웬 땡이냔 듯이 아내를 내어놓은 채 눈을 슬쩍 감아 버리고 이 주사에게서 나는 옷이나 입고, 주는 쌀이나 먹고 연년이 신통치 못한 자기 농사에는 한손을 빼고는 회짜를 뽑는[25] 것이 아닌가!

사실 말인즉, 춘호 처가 쇠돌 엄마에게 죽어도 안 가려는 그 속 까닭은 정작 여기 있었다. 바로 지난 늦은 봄 달이 뚫어지게 밝던 어느 밤이었다. 춘호가 보름 게추[26]를 보러 산모퉁이로 나간 것이 이슥하여도 돌아오지 않으므로 집에서 기다리던 아내가 인젠 자고 오려나, 생각하고는 막 드러누워 잠이 들려니까 웬 난

데없는 황소 같은 놈이 튀어들었다. 허둥지둥 춘호 처를 마구 깔다가 놀라서 '으악' 소리를 치는 바람에, 그냥 달아난 일이 있었다. 어수룩한 시골 일이라 별반 풍설도 안 나고 쓱싹되었으나 며칠이 지난 뒤에야 그것이 동리의 부자 이 주사의 소행임을 비로소 눈치채었다.

그런 까닭으로 해서 춘호 처는 쇠돌 엄마와 직접 관계는 없단대도 그를 대하면 공연스레 얼굴이 뜨뜻하여지고 무슨 죄나 진 듯이 어색하였다.

그리고 더욱 쇠돌 엄마가,

"새댁, 나는 속곳이 세 개구, 버선이 네 벌이구 행."

하며, 아주 좋다고 핸들대는 그 꼴을 보면 혹시 자기에게 함정을 두고서 비아냥거리는 거나 아닌가, 하는 옥생각[27]으로 무안해서 고개도 못 들었다. 한편으로는 자기도 좀만 잘했다면 지금쯤은 쇠돌 엄마처럼 호강을 할 수 있었을 그런 갸륵한 기회를 깝살려[28] 버린 자기 행동에 대한 후회와 애탄으로 말미암아 마음을 괴롭히는 그 쓰라림도 적지 않았다.

그러나 아무러한 욕을 보더라도 나날이 심해 가는 남편의 무지한 매보다는 그래도 좀 헐할 게다.

오늘은 한맘 먹고 쇠돌 엄마를 찾아가려는 것이었다.

춘호 처는 이번 걸음이 허발[29]이나 안 칠까 일념으로 심화를 하며 수양버들이 쭉 늘어박인 논두렁길로 들어섰다. 그는 시골 아낙네로는 용모가 매우 반반하였다. 좀 야윈 듯한 몸매는 호리

호리한 것이 소위 동리의 문자대로 외입깨나 하염직한 얼굴이었으되 추려한 의복이며 퀴퀴한 냄새는 거지를 볼지른다.[30] 그는 왼손 바른손으로 겨끔내기[31]로 치맛귀를 여며 가며 속살이 삐질까 조심조심히 걸었다.

감사나운 구름송이가 하늘 신폭[32]을 휘덮고는 차츰차츰 지면으로 처져 내리더니 그예 산봉우리에 엉기어 살풍경이 되고 만다. 먼 데서 개 짖는 소리가 앞뒷산을 한적하게 울린다. 빗방울은 하나 둘 떨어지기 시작하더니 차차 굵어지며 무더기로 퍼부어 내린다.

춘호 처는 길가에 늘어진 밤나무 밑으로 뛰어 들어가 비를 거니며[33] 쇠돌 엄마 집을 멀리 바라보았다. 북쪽 산기슭에 높직한 울타리로 뺑 돌려 두르고 앉았는 오묵하고 맵시 있는 집이 그 집이었다. 그런데 싸리문이 꼭 닫힌 걸 보면 아마 쇠돌 엄마가 농군 청에 저녁 제누리[34]를 나르러 가서 아직 돌아오지 않은 모양이었다.

그는 쇠돌 엄마 오기를 지켜보며 우두커니 서서 기다리고 있었다.

나뭇잎에서 빗방울은 뚝, 뚝, 떨어지며 그의 뺨을 흘러 젖가슴으로 스며든다. 바람은 지날 적마다 냉기와 함께 굵은 빗발을 몸에 들이친다.

비에 쪼르륵 젖은 치마가 몸에 찰싹 감기어 허리로, 궁둥이로, 다리로, 살의 윤곽이 그대로 비쳐 올랐다.

무던히 기다렸으나 쇠돌 엄마는 오지 않았다. 하도 진력이 나서 하품을 하여 가며 정신없이 서 있노라니 왼편 언덕에서 사람 오는 발자취 소리가 들린다. 그는 고개를 돌려 보았다. 그러나 날쌔게 나무 틈으로 몸을 숨겼다.

동이배[35]를 가진 이 주사가 지우산[36]을 받쳐 쓰고는 쇠돌네 집을 향하여 엉덩이를 깝죽거리며 내려가는 길이었다. 비록 키는 작달막하나 숱 좋은 수염이든지 온 동리를 털어야 단 하나뿐인 탕건[37]이든지, 썩 풍채 좋은 오십 전후의 양반이다. 그는 싸리문 앞으로 가더니 자기 집처럼 거침없이 문을 떼다밀고는 속으로 버젓이 들어가 버린다.

이것을 보니 춘호 처는 다시금 속이 편치 않았다. 자기는 개돼지같이 무시로 매만 맞고 돌아치는 천덕꾸러기이다. 안팎으로 겹귀염을 받으며 간들대는 쇠돌 엄마와 사람 된 치수가 두드러지게 다름을 그는 알 수 있었다. 쇠돌 엄마의 호강을 너무나 부럽게 우러러보는 반동[38]으로 자기도 잘만 했다면 하는 턱없는 희망과 후회가 전보다 몇 갑절 쓰린 맛으로 그의 가슴을 집어뜯었다. 쇠돌네 집을 하염없이 건너다보다가 어느덧 저도 모르게 긴 한숨이 굴러 내린다.

언덕에서 쏠려 내리는 사태물이 발등까지 개흙으로 덮으며 소리쳐 흐른다. 빗물에 푹 젖은 몸뚱어리는 점점 떨리기 시작한다.

그는 가볍게 몸서리를 쳤다. 그리고 당황한 시선으로 사방을 경계하여 보았다. 아무도 보이지는 않았다. 다시 시선을 돌려 그 집을 쏘아보며 속으로 궁리하여 보았다. 안에는 확실히 이 주사 뿐일 게다. 고대까지 걸었던 싸리문이라든지 또는 울타리에 넌

빨래를 여태 안 걷어들이는 것을 보면 어떤 맹세를 두고라도 분명히 이 주사 외에 다른 사람은 하나도 없을 것이다.

그는 마음 놓고 비를 맞아 가며 그 집으로 달려들었다. 봉당으로 선뜻 뛰어오르며,

"쇠돌 엄마 기슈?"

하고 인기[39]를 내보았다.

물론 당자의 대답은 없었다. 그 대신 그 음성이 나자 안방에서 이 주사가 번개같이 머리를 내밀었다. 자기 딴은 꿈밖이란 듯, 눈을 두리번두리번하더니 옷 위로 볼가진 춘호 처의 젖가슴, 아랫배, 넓적다리로 발등까지 슬쩍 음충히[40] 훑어보고는 거나한 낯으로 빙그레한다. 그리고 자기도 봉당으로 주춤주춤 나오며

"쇠돌 어멈 말인가? 왜 지금 막 나갔지. 곧 온댔으니 안방에 좀 들어가 기다렸으면……." 하고 매우 일이 딱한 듯이 어름어름한다.[41]

"이 비에 어딜 갔세유?"

"지금 요 밖에 좀 나갔지, 그러나 곧 올걸……."

"있는 줄 알고 왔는디……."

춘호 처는 이렇게 혼잣말로 낙심하며 섭섭한 낯으로 머뭇머뭇하다가 그냥 돌아갈 듯이 봉당 아래로 내려섰다. 이 주사를 쳐다보며 물차는 제비같이 산드러지게[42]

"그럼 요담 오겠세유, 안녕히 계십시유."

하고 작별의 인사를 올린다.

"지금 곧 온댔는데, 좀 기다리지……."

"담에 또 오지유."

"아닐세, 좀 기다리게. 여보게, 여보게, 이봐!"

춘호 처가 간다는 바람에 이 주사는 체면도 모르고 기가 올랐다. 허둥거리며 재간껏 만류하였으나 암만해도 안 된 듯싶다. 춘호 처가 여기엘 찾아 온 것도 큰 기적이려니와 뇌성벽력에 구석진 곳이겠다 이렇게 솔깃한 기회는 두 번 다시 못 볼 것이다. 그는 눈이 뒤집혀 입에 물었던 장죽을 쭉 뽑아 방 안으로 치뜨리고는 계집의 허리를 뒤로 다짜고짜 끌어안아서 봉당 위로 끌어올렸다.

계집은 몹시 놀라며,

"왜 이러서유, 이거 노세유."

하고 몸을 뿌리치려고 앙탈을 한다.

"아니 잠깐만."

이 주사는 그래도 놓지 않으며 허겁스러운[43] 눈짓으로 계집을 달랜다. 흘러내리는 고의춤을 왼손으로 연송 치우치며 바른팔로는 계집을 잔뜩 움켜잡고는 엄두를 못 내어 짤짤매다가 간신히 방 안으로 꿍꿍 몰아넣었다. 안으로 문고리는 재바르게 채였다.

밖에서는 모진 빗방울이 배춧잎에 부닥치는 소리, 바람에 나무 떠는 소리가 요란하다. 가끔 양철통을 내려 굴리는 듯 거푸진 천둥소리가 방고래[44]를 울리며 날은 점점 침침하였다.

얼마쯤 지난 뒤였다. 이만하면 길이 들었으려니 안심하고 이 주사는 날숨을 후– 하고 돌린다. 실없이 고마운 비 때문에 발악도 못 치고 앙살[45]도 못 피우고 무릎 앞에 고분고분 늘어져 있는 계집을 대견히 바라보며 빙긋이 얼러 보았다. 계집은 온몸에 진땀이 쭉 흐르는 것이 꽤 더운 모양이다. 벽에 걸린 쇠돌 어멈의 적삼을 꺼내어 계집의 몸을 말쑥하게 훌닦기[46] 시작한다. 발끝서부터 얼굴까지…….

"너, 열아홉이라지?"

하고 이 주사는 취한 얼굴로 얼간히 물어보았다.

"니에."

하고, 메떨어진[47] 대답. 계집은 이 주사의 손에 눌리어 일어나도 못하고 죽은 듯이 가만히 누워 있다.

이 주사는 계집의 몸뚱이를 다 씻기고 나서 한숨을 내뿜으며 담배 한 대를 턱 피워 물었다.

"그래, 요새도 서방에게 주리경[48]을 치느냐?"

하고 묻다가 아무 대답도 없으매,

"원 그래서야 어떻게 산단 말이냐, 하루 이틀도 아니고, 사람의 일이란 알 수 있는 거냐? 그러다 혹시 맞아 죽으면 정장[49] 하나 해볼 곳 없는 거야. 허니, 네 명이 아까우면 덮어놓고 민적을 가르는[50] 게 낫겠지."

하고 계집의 신변을 위하여 염려를 마지않다가 번뜻 한 가지 궁금한 것이 있었다.

"너 참, 아이 낳았다 죽었다더구나?"

"니예-."

"어디 난 듯이나 싶으냐?"

계집은 얼굴이 홍당무가 되며 아무 말 못하고 고개를 외면하였다.

이 주사도 그까짓 것 더 묻지 않았다. 그런데 웬 녀석의 냄새인지 무생채 썩는 듯한 시크무레한 악취가 무시로 코청을 찌르니 눈살을 째푸리지[51] 않을 수 없다. 처음에야 그런 줄은 도통 몰랐더니 알고 보니까 비위가 좋이 역하였다. 그는 빨고 있던 담배통으로 계집의 배꼽께를 똑똑히 가리키며,

"애, 이 살의 때꼽 좀 봐라. 그래 물이 흔한데 이것 좀 못 씻는단 말이냐?"

하고, 모처럼의 기분을 상한 것이 앵하단[52] 듯이 꺼림한 기색으로 혀를 채었다. 하지만 계집이 참다 참다 이내 무안에 못 이겨 일어나 치마를 입으려 하니 그는 역정을 벌컥 내었다. 옷을 뺏어서 구석으로 동댕이를 치고는 다시 그 자리에 끌어 앉혔다. 그리고 자기 딸이나 책하듯이 아주 대범하게 꾸짖었다.

"왜 그리 계집이 달망대니?[53] 좀 든직[54]지가 못하구⋯⋯."

춘호 처가 그 집을 나선 것은 들어간 지 약 한 시간 만이었다. 비가 여전히 쭉쭉 내린다. 그는 진땀을 있는 대로 흠뻑 쏟고 나왔다. 그러나 의외로 아니 천행으로 오늘 일은 성공이었다. 그는 몸을 솟치며 생긋하였다. 그런 모욕과 수치는 난생 처음 당하는 봉변으로, 지랄 중에도 몹쓸 지랄이었으나 성공은 성공이었다. 복을 받으려면 반드시 고생이 따르는 법이니 이까짓 거야 골백 번 당한대도 남편에게 매나 안 맞고 의좋게 살 수만 있다면 그는 사양치 않을 것이다. 이 주사를 하늘같이 은인같이 여겼다. 남편에게 부쳐 먹을 농토를 줄 테니 자기의 첩이 되라는 그 말도 죄

송하였으나 더욱이 돈 이 원을 줄 게니 내일 이맘때 쇠돌네 집으로 넌지시 만나자는 그 말은 무엇보다도 고마웠고 벅찬 짐이나 푼 듯 마음이 홀가분하였다. 다만 애키는[55] 것은 자기의 행실이 만약 남편에게 발각되는 나절에는 대매[56]에 맞아 죽을 것이다. 그는 일변 기뻐하며 일변 애를 태우며 자기 집을 항하여 세차게 쏟아지는 빗속을 가분가분 내려 달렸다.

춘호는 아직도 분이 못 풀려 뿌루퉁하니 홀로 앉았다. 그는 자기의 고향인 인제를 등진 지 벌써 삼 년이 되었다. 해를 이어 흉작에 농작물은 말 못 되고 따라 빚쟁이들의 위협과 악다구니[57]는 날로 심하였다. 마침내 하릴없이 집, 세간살이를 그대로 내버리고 알몸으로 밤도주를 하였던 것이다. 살기 좋은 곳을 찾는다고 나어린 아내의 손목을 이끌고 이 산 저 산을 넘어 표랑하였다.[58] 그러나 우정 찾아든 곳이 고작 이 마을이나, 살속[59]은 역시 일반이다. 어느 산골엘 가 호미를 잡아 보아도 정은 조그만치도 안 붙었고, 거기에는 오직 쌀쌀한 불안과 굶주림이 품을 벌려 그를 맞을 뿐이었다. 터무니없다 하여 농토를 안 준다. 일구녕[60]이 없으매 품을 못 판다, 밥이 없다. 결국엔 그는 피폐하여 가는 농민 사이를 감도는 엉뚱한 투기심에 몸이 달떴다. 요사이 며칠 동안을 두고 요 너머 뒷산 속에는 밤마다 큰 노름판이 벌어지는 기미를 알았다. 그는 자기도 한몫 보려고 끼룩거렸으나[61] 좀체로 밑천을 만들 수가 없었다.

이 원! 수나 좋아야 이 이 원이 조화만 잘한다면 금시발복[62]이 못 된다고 누가 단언할 수 있으랴! 삼사십 원 따서 동리의 빚이나 대충 가리고 옷 한 벌 지어 입고는 진저리나는 이 산골을 떠나려는 것이 그의 배포였다. 서울로 올라가 아내는 안잠[63]을 재우고 자기는 노동을 하고, 둘이서 다기지게[64] 벌면 안락한 생활을 할 수가 있을 텐데, 이런 산 구석에서 굶어죽을 맛이야 없었다. 그래서 젊은 아내에게 돈 좀 해오라니까 요리매낀 조리매낀 매만 피하고 거들어주지 않으니 그 소행이 여간 괘씸한 것이 아니다.

아내가 물에 빠진 생쥐 꼴을 하고 집으로 달려들자 미처 입도 벌리기 전에 남편은 이를 악물고 주먹빰을 냅다 붙였다.

"너 이년, 매만 살살 피하고 어디 가 자빠졌다 왔니?"

볼치 한 대를 얻어맞고 아내는 오기가 질리어 벙벙하였다. 그래도 직성이 못 풀려 남편이 다시 매를 손에 잡으려 하니 아내는 질겁을 하여 살려 달라고 두 손으로 빌며 개신개신[65] 입을 열었다.

"낼 돼유- 낼, 돈, 낼 돼유-."

하며 돈이 변통됨을 삼가 아뢰는 그의 음성은 절반이 울음이었다.

남편은 반신반의하며 눈을 찌긋하다가,

"낼?"

하고 목청을 돋웠다.

"네, 낼 된다유-."

"꼭 되여?"

"네, 낼 된다유-."

남편은 시골 물정에 능통하니만치 난데없는 돈 이 원이 어디서 어떻게 되는 것까지는 추궁해 물으려 하지 않았다. 적이 안심한 얼굴로 방문턱에 걸터앉으며 담뱃대에 불을 그었다. 그제야 비로소 아내도 마음을 놓고 감자를 삶으러 부엌으로 들어가려 하니 남편이 곁으로 걸어오며 측은한 듯이 말렸다.

"병나, 방에 들어가 어여 옷이나 말리여, 감자는 내 삶을게-."

먹물같이 짙은 밤이 내렸다. 비는 더욱 소리를 치며 앙상한 그들의 방벽을 앞뒤로 울린다. 천정에서 비는 새지 않으나 집 진 지가 오래되어 고래가 물러앉다시피 된 방이라 도배를 못한 방바닥에는 물이 스며들어 귀축축하다.[66] 거기다 거적 두 잎만 덩그렇게 깔아놓은 것이 그들의 침소였다. 석유불은 없어 캄캄한 바로 지옥이다. 벼룩은 사방에서 마냥 스멀거린다.

그러나 등걸잠[67]에 익달한[68] 그들은 천연덕스럽게 나란히 누워 주리차게[69] 퍼붓는 밤비 소리를 귀담아 듣고 있었다. 가난으로 인하여 부부간의 애틋한 정을 모르고 나날이 매질로 불평과 원한 중에서 복대기던 그들도 이 밤에는 불시로 화목하였다. 단지 남의 품에 든 돈 이 원을 꿈꾸어 보고도-

"서울 언제 갈라유."

남편의 왼팔을 베고 누웠던 아내가 남편을 향하여 응석 비슷이 물어 보았다. 그는 남편에게서 서울의 화려한 거리며, 후한 인심에 대하여 여러 번 들은 바 있어 일상 안타까운 마음으로 몽상은 하여 보았으나 실지 구경은 못하였다. 얼른 이 고생을 벗어나 살기 좋은 서울로 가고 싶은 생각이 간절하였다.

"곧 가게 되겠지, 빚만 좀 없어도 가뜬하련만."

"빚은 낭종 갚더라도 얼핀 갑세다유-."

"염려 없어. 이 달 안으로 꼭 가게 될 거니까."

남편은 썩 쾌히 승낙하였다. 딴은 그는 동리에서 일컬어 주는 질군[70]으로 투전장의 갑오[71]쯤은 시루에서 콩나물 뽑듯 하는 능수였다. 내일 밤 이 원을 가지고 벼락같이 노름판에 달려가서 있는 돈이란 깡그리 모집어[72] 올 생각을 하니 그는 은근히 기뻤다. 그리고 교묘한 자기의 손재간을 홀로 뽐내었다.

"이번이 서울 첨이지?"

하며, 그는 서울 바닥 좀 한번 쐬었다고 큰 체를 하며 팔로 아내의 머리를 흔들어 물어보았다. 성미가 워낙 접접한[73]지라 지금부터 서울 갈 준비를 착착 하고 싶었다. 그가 제일 걱정되는 것은 둠 구석[74]에서 뇌 자라 먹은 아내를 데리고 가면 서울 사람에게 놀림도 받을 게고 거리끼는 일이 많을 듯싶었다. 그래서 서울 가면 꼭 지켜야 할 필수 조건을 아내에게 일일이 설명치 않을 수도 없었다.

첫째, 사투리에 대한 주의부터 시작되었다. 농민이 서울 사람에게 '꼬라리'라는 별명으로 감잡히는[75] 그 이유는 무엇보다도 사투리에 있을지니 사투리는 쓰지 말지며 '합세'를 '하십니까'로 '하게유'를 '하오'로 고치되 말끝을 들지 말지라. 또 거리에서 어릿어릿하는 것은 내가 시골뜨기요 하는 얼뜬 짓이니 갈 길은 재게 가고[76] 볼 눈은 또릿또릿이 볼지라- 하는 것들이었다. 아내는 그 끔찍한 설교를 귀담아 들으며 모깃소리로 네, 네 하였다. 남편은 두어 시간 가량을 샐 틈 없이 꼼꼼하게 주의를 다져

놓고는 서울의 풍습이며 생활 방침 등을 자기의 의견대로 그럴싸하게 이야기하여 오다가 말끝이 어느덧 화장술에까지 이르게 되었다. 시골 여자가 서울에 가서 안잠을 잘 자주면 몇 해 후에는 집까지 얻어 갖는 수가 있는데, 거기에는 얼굴이 어여뻐야 한다는 소문을 일찍 들은 바 있어 하는 소리였다.

"그래서 날마다 기름도 바르고, 분도 바르고, 버선도 신고 해서 쥔 마음에 썩 들어야……."

한참 신바람이 올라 주워섬기다가 옆에서 쌔근쌔근 소리가 들리므로 고개를 돌려 보니 아내는 이미 고라져 잠이 깊었다.

"이런 망할 거, 남 말하는데 자빠져 잔담ㅡ."

남편은 혼자 중얼거리며 바른팔을 들어 이마 위로 흐트러진 아내의 머리칼을 뒤로 씨담아 넘긴다. 세상에 귀한 것은 자기의 아내! 이 아내가 만약 없었던들 자기는 홀로 어떻게 살 수 있었으려는가! 명색이 남편이며 이날까지 옷 한 벌 변변히 못 해 입히고 고생만 짓시킨 그 죄가 너무나 큰 듯 가슴이 뻐근하였다. 그는 왁살스러운[77] 팔로다 아내의 허리를 꼭 껴안아 자기의 앞으로 바특이[78] 끌어당겼다.

밤새도록 줄기차게 내리던 빗소리가 아침에 이르러서야 겨우 그치고 점심때에는 생기로운 볕까지 들었다. 쿨렁쿨렁 논물 나는 소리는 요란히 들린다. 시내에서 고기 잡는 아이들의 고함이며, 농부들의 희희낙락한 미나리[79]도 기운차게 들린다.

비는 춘호의 근심도 씻어 간 듯 오늘은 그에게도 즐거운 빛이 보였다.

"저녁 제누리 때 되었을 걸, 얼른 빗고 가 봐-."

그는 갈증이 나서 아내를 대구 재촉하였다.

"아직 멀었어유-."

"뭔 게 뭐야, 늦었어-."

"뭘!"

아내는 남편의 말대로 벌써부터 머리를 빗고 앉았으나 온체 달포나 아니 가려 엉킨 머리라 시간이 꽤 걸렸다. 그는 호랑이 같은 남편과 오랜간만에 정다운 정을 바꾸어 보니 근래에 볼 수 없는 희색이 얼굴에 떠돌았다. 어느 때에는 맥쩍게 생글생글 웃어도 보았다.

아내가 꼼지락거리는 것이 보기에 퍽이나 갑갑하였다. 남편은 아내 손에서 얼레빗을 쑥 뽑아들고는 시원스레 쭉쭉 내려 빗긴다. 다 빗긴 뒤 옆에 놓인 밥사발의 물을 손바닥에 연신 칠해 가며 머리에다 번지르하게 발라 놓았다. 그래 놓고 위에서부터 머리칼을 재워 가며 맵시 있게 쪽을 딱 찔러주더니 오늘 아침에 한 사코 공을 들여 삼아 놓았던 짚석이[80]를 아내의 발에 신기고 주먹으로 자근자근 골을 내주었다.

"인제 가 봐!"

하다가

"바루 곧 와, 응?"

하고 남편은 그 이 원을 고이 받고자 손색 없도록, 실패 없도록 아내를 모양내어 보냈다.

땅속 저 밑은 늘 음침하다.
고달픈 간드렛불. 맥없이 푸리끼하다.
밤과 달라서 낮엔 되우 흐릿하였다.
겉으로 황토 장벽으로 앞뒤 좌우가 콕 막힌
좁직한 구덩이.
흡사히 무덤 속 같이 귀중중하다.

금 따는 콩밭

땅속 저 밑은 늘 음침하다.

고달픈 간드렛불.[1] 맥없이 푸리끼하다. 밤과 달라서 낮엔 되우 흐릿하였다.

겉으로 황토 장벽으로 앞뒤 좌우가 콕 막힌 좁직한 구덩이. 흡사히 무덤 속 같이 귀중중하다.[2] 싸늘한 침묵. 쿠더브레한[3] 흙내와 징그러운 냉기만이 그 속에 자욱하다.

곡괭이는 뻔찔 흙을 이르집는다. 암팡스러이[4] 내려쪼며

퍽 퍽 퍽―.

이렇게 메떨어진[5] 소리뿐. 그러나 간간 우수수하고 벽이 헐린다.

영식이는 일손을 놓고 소맷자락을 끌어당겨 얼굴의 땀을 훑는

다. 이놈의 줄이 언제나 잡힐는지 기가 찼다. 흙 한 줌을 집어 코 밑에 바짝 들이대고 손가락으로 샅샅이 뒤져 본다. 완연히 버력[6]은 좀 변한 듯싶다. 그러나 볼통버력이 아주 다 풀린 것도 아니었다. 말똥버력이라야 금이 나온다는데 왜 이리 안 나오는지.

곡괭이를 다시 집어든다. 땅에 무릎을 꿇고 궁둥이를 번쩍 든 채 식식거린다. 곡괭이는 무작정 내려찍는다.

바닥에서 물이 스며 무르팍이 흥건히 젖었다. 굿엎은 천판에서 흙방울은 내리며 목덜미로 굴러든다. 어떤 때에는 윗벽의 한 쪽이 떨어지며 등을 탕 때리고 부서진다.

그러나 그는 눈도 하나 깜짝하지 않는다. 금을 캔다고 콩밭 하나를 다 잡쳤다. 약이 올라서 죽을 둥 살 둥, 눈이 뒤집힌 이 판이다. 손바닥에 침을 탁 뱉고 곡괭이 자루를 한번 고쳐 잡더니 쉴 줄 모른다.

등 뒤에서는 흙 긁는 소리가 드윽드윽 난다. 아직도 버력을 다 못 친 모양. 이 자식이 일을 하나 시졸[7] 하나. 남은 속이 바직 타는데 웬 뱃심이 이리도 좋아.

영식이는 살기 띤 시선으로 고개를 돌렸다. 암말 없이 수재를 노려본다. 그제야 꾸물꾸물 바지게[8]에 흙을 담고 등에 메고 사다리를 올라간다.

굿이 풀리는지 벽이 우찔하였다. 흙이 부서져 내린다. 전날이라면 이곳에서 아내 한번 못 보고 생죽음이나 안 할까 털끝까지 쭈뼛할 게다. 그러나 인젠 그렇게 되고 싶다. 수재란 놈하고 흙더미에 묻히어 한꺼번에 죽는다면 그게 오히려 나을 게다.

이렇게까지 몹시 몹시 미웠다.

이놈 풍찌는[9] 바람에 애꿎은 콩밭 하나만 결딴을 냈다. 뿐만 아니라 모두가 낭패다. 세벌논도 못 맸다. 논둑의 풀은 성큼 자란 채 어지러이 널려 있다. 이 기미를 알고 지주는 대로하였다. 내년부터는 농사질 생각 말라고 발을 굴렀다. 땅은 암만을 파도 지수[10]가 없다. 이만해도 다섯 길은 훨썩[11] 넘었으리라. 좀더 지펴야 옳을지 혹은 북으로 밀어야 옳을지 우두머니[12] 망설거린다. 금점일에는 푸뚱이[13]다. 입때껏 수재의 지휘를 받아 일을 하여 왔고 앞으로도 역시 그러해야 금을 딸 것이다. 그러나 그런 칙칙한 짓은 안 한다.

"이리 와, 이것 좀 파게."

그는 어쓴[14] 위풍을 보이며 이렇게 분부하였다. 그리고 저는 일어나 손을 털며 뒤로 물러선다.

수재는 군말 없이 고분하였다. 시키는 대로 땅에 무릎을 꿇고 벽채로 군버력을 긁어낸 다음 다시 파기 시작한다.

영식이는 치다 나머지 버력을 짊어진다. 커단 걸때[15]를 뒤뚝거리며 사다리로 기어오른다. 굿문을 나와 버력 더미에 흙을 막 내치려 할 제,

"왜 또 파. 이것들이 미쳤나 그래!"

산에서 내려오는 마름[16]과 맞닥뜨렸다. 정신이 떠름하여 그대로 벙벙히 섰다. 오늘은 또 무슨 포악[17]을 들으려는가.

"말라니깐 왜 또 파는 게야."

하고 영식이의 바지게 뒤를 지팡이로 콱 찌르더니,

"갈아 먹으라는 밭이지 흙 쓰고 들어가라는 거야? 이 미친것들아! 콩밭에서 웬 금이 나온다구 이 지랄들이야 그래."

하고, 목에 핏대를 올린다.[18] 밭을 버리면 간수 잘못한 자기 탓이다. 날마다 와서 그 북새[19]를 피우고 금하여도 담날 보면 또 여전히 파는 것이다.

"오늘로 이 구덩이를 도로 묻어 놔야지 낼로 당장 징역 갈 줄 알게."

너무 감정에 격하여 말도 잘 안 나오고 떠듬떠듬거린다. 주먹은 곧 날아들 듯이 허구리[20]께서 불불 떤다.

"오늘만 좀 해보고 고만두겠서유."

영식이는 낯이 붉어지며 가까스로 한마디 하였다. 그리고 무턱대고 빌었다.

마름은 들은 척도 안하고 가 버린다.

그 뒷모양을 영식이는 멀거니 배웅하였다. 그러나 콩밭 낯짝을 들여다보니 무던히 애통 터진다. 멀쩡한 밭에가 구멍이 사면 풍풍 뚫렸다.

예제없이[21] 버력은 무더기 무더기 쌓였다. 마치 사태 만난 공동묘지와도 같이 귀살쩍고[22] 되우 을씨년스럽다. 그다지 잘 되었던 콩 포기는 거반[23] 버력 더미에 다 깔려 버리고 군데군데 어쩌다 남은 놈들만이 고개를 나풀거린다. 그 꼴을 보는 것은 자식 죽는 걸 보는 게 낫지 차마 못할 경상[24]이었다.

농토는 모조리 떨어질 것이다. 그러나 대관절 올 밭도지 벼 두 섬 반은 뭘로 해내야 좋을지. 게다 밭을 망쳤으니 자칫하면 징역을 갈는지도 모른다.

영식이가 구덩이 안으로 들어왔을 때 동무는 땅에 주저앉아 쉬고 있었다. 태연 무심히 담배만 뻑뻑 피우는 것이다.

"언제나 줄을 잡는 거야."

"인제 차차 나오겠지."

"인제 나온다."

하고 코웃음을 치고 엇먹더니 조금 지나매,

"이 새끼!"

흙덩이를 집어들고 골통을 내려친다.

수재는 어쿠 하고 그대로 푹 엎으린다.[25] 그러나 뻘떡 일어선다. 눈에 띄는 대로 곡괭이를 잡자 대뜸 달려들었다. 그러나 강약이 부동. 왁살스러운 팔뚝에 퉁겨져 벽에 가서 쿵 하고 떨어졌다. 그 순간에 제가 빼앗긴 곡괭이가 정백이[26]를 겨누고 날아드는 걸 보았다. 고개를 홱 돌린다. 곡괭이는 흙벽을 퍽 찍고 다시 나간다.

수재 이름만 들어도 영식이는 이가 갈렸다. 분명히 홀딱 속은 것이다.

영식이는 본디 금점[27]에 이력이 없었다. 그리고 흥미도 없었다. 다만 밭고랑에 웅크리고 앉아서 땀을 흘려 가며 꾸벅꾸벅 일만 하였다. 올엔 콩도 뜻밖에 잘 열리고 맘이 좀 놓였다.

하루는 홀로 김을 매고 있노라니까,

"여보게, 덥지 않은가, 좀 쉬었다 하게."

고개를 들어보니 수재다. 농사는 안 짓고 금점으로만 돌아다니더니 무슨 바람에 또 왔는지 싱글싱글한다. 좋은 수나 걸렸나 하고.

"돈 좀 많이 벌었나. 나 좀 최주게."[28]

"벌구말구 맘껏 먹고 맘껏 쓰고 했네."

술에 거나한 얼굴로 신껏[29] 주적거린다.[30] 그리고 밭머리에 쭈그리고 앉아 한참 객설[31]을 부리더니,

"자네 돈벌이 좀 안하려나, 이 밭에 금이 묻혔네. 금이……."

"뭐?"

하니까, 바로 이 산 너머 큰 골에 광산이 있다. 광부를 삼백여 명이나 부리는 노다지판인데 매일 소출되는 금이 칠십 냥을 넘는다. 돈으로 치면 칠천 원, 그 줄맥이 큰 산허리를 뚫고 이 콩밭으로 뻗어 나왔다는 것이다. 둘이서 파면 불과 열흘 안에 줄을 잡을 게고 적어도 하루 서 돈씩은 따리라. 우선 삼십 원만 해두 얼마냐. 소를 산대두 반 필[32]이 아니냐고.

그러나 영식이는 귀담아 듣지 않았다. 금점이란 칼 물고 뜀뛰기다. 잘되면 이어니와 못 되면 신세만 조판다.[33] 이렇게 전일부터 들은 소리가 있어서이다.

그 담날도 와서 꾀송거리다[34] 갔다.

셋째 번에는 집으로 찾아왔는데 막걸리 한 병을 손에 떡 들고 영을 피운다[35]. 몸이 달아서 또 온 것이었다. 봉당에 걸터앉아서 저녁상을 물끄러미 바라보더니 조당수[36]는 몸을 훑인다는 둥, 일꾼은 든든히 먹어야 한다는 둥 남들은 논을 사느니 밭을 사느니

떠드는데 요렇게 지내다 그만둘 테냐는 둥 일쩌웁게[37] 지절거린다.

"아주머니, 이것 좀 먹게 해주시게유."

그리고 비로소 영식이 아내에게 술병을 내놓는다. 그들은 밥상을 끼고 앉아서 즐겁게 술을 마셨다. 몇 잔이 들어가고 보니 영식이의 생각도 적이 돌아섰다. 딴은 일 년 고생하고 끽 콩 몇 섬 얻어먹느니보다는 금을 캐는 것이 슬기로운 짓이다. 하루에 잘만 캔다면 한 해 줄곧 공들인 그 수확보다 훨씬 이익이다. 올봄 보낼 제 비료값 품삯 빚 해 빚진 칠 원 까닭에 나날이 졸리는 이 판이다. 이렇게 지지하게[38] 살고 말 바에는 차라리 가루지나 세루지나 사내자식이 한번 해볼 것이다.

"낼부터 우리 파보세. 돈만 있으면이야 그까짓 콩은."

수재가 안달스레 재우쳐 보채일 제 선뜻 응낙하였다.

"그래보세, 빌어먹을 거 안 됨 고만이지."

그러나 꽁무니에서 죽을 마시고 있던 아내가 허구리를 쿡쿡 찔렀기에 망정이지 그렇지 않았다면 좀 주저할 뻔도 하였다.

아내는 아내대로의 셈이 빨랐다.

시체(時體)[39]는 금점이 판을 잡았다. 스뿔르게[40] 농사만 짓고 있다간 결국 비렁뱅이밖에는 더 못 된다. 얼마 안 있으면 산이고 논이고 밭이고 할 것 없이 다 금쟁이 손에 구멍이 뚫리고 뒤집히고 뒤죽박죽이 될 것이다. 그 때는 뭘 파먹고 사나. 자 보아라. 머슴들은 짜위나 한 듯이 일하다 말고 후딱 하면 금점으로들 내빼지 않는가. 일꾼이 없어서 올엔 농사를 질 수 없으니 마느니 하

고 동리에서는 떠들썩하다. 그리고 번동 포농이[41]조차 호미를 내어 던지고 강변으로 개울로 사금을 캐러 달아난다. 그러다 며칠 뒤에는 다비신에다 옥당목[42]을 떨치고 희짜를 뽑는[43] 것이 아닌가.

아내는 콩밭에서 금이 날 줄은 아주 꿈밖이었다. 놀라고도 또 기뻤다. 올에는 노냥 침만 삼키면 그놈 코다리[44](명태)를 짜장 먹어 보겠구나만 하여도 속이 메어질 듯이 짜릿하였다. 뒷집 양근댁은 금점 덕택에 남편이 사다 준 흰 고무신을 신고 나릿나릿[45] 걷는 것이 무척 부러웠다. 저도 얼른 금이나 펑펑 쏟아지면 흰 고무신도 신고 얼굴에 분도 바르고 하리라.

“그렇게 해보지 뭐. 저 냥반 하잔 대로만 하면 어련히 잘 될라구.”

얼뚤하여 앉았는 남편을 이렇게 추겼던 것이다.

동이 트기 무섭게 콩밭으로 모였다.

수재는 진언이나 하는 듯이 이리 대고 중얼거리고 저리 대고 중얼거리고 하였다. 그리고 덤벙거리며 이리 왔다가 저리 갔다가 하였다. 제 딴은 땅속에 누운 줄맥을 어림하여 보는 맥이었다.

한참을 밭을 헤매다가 산 쪽으로 붙은 한 구석에 딱 스며 손가락을 펴 들고 설명한다. 큰 줄이란 본시 산운, 산을 끼고 도는 법이다. 이 줄이 노다지임에는 필시 이켠으로 버듬히[46] 누웠으리라. 그러니 여기서부터 파 들어가자는 것이었다.

영식이는 그 말이 무슨 소린지 새기지는 못했다. 마는 금점에
는 난다는 수재이니 그 말대로 하기만 하면 영락없이 금퇴[47]야
나겠지 하고 그것만 꼭 믿었다. 군말 없이 지시해 받은 곳에다
삽을 푹 꽂고 파헤치기 시작하였다.

금도 금이면 애써 키워온 콩도 콩이었다. 거진 다 자란 허울
멀쑥한 놈들이 삽 끝에 으츠러지고 흙에 묻히고 하는 것이다. 그
걸 보는 것은 썩 속이 아팠다. 애틋한 생각이 물밀때[48] 가끔 삽을
놓고 허리를 구부려서 콩잎의 흙을 털어 주기도 하였다.

"아, 이 사람아, 맥적게[49] 그건 봐 뭘 해, 금을 캐자니깐."

"아니야 허리가 좀 아파서……."

핀잔을 얻어먹고는 좀 열적었다. 하기는 금만 잘 터져 나오면
이까짓 콩밭쯤이야. 이 밭을 풀어 논도 만들 수 있을 것이다. 눈
을 감아버리고 삽의 흙을 아무렇게나 콩잎 위로 훽훽 내어던진
다.

"구구루 땅이나 파먹지 이게 무슨 지랄들이야!"

동리 노인은 뻔찔 찾아와서 귀 거친[50] 소리를 하곤 하였다.

밭에 구멍을 셋이나 뚫었다. 그리고 대구 뚫는 길이었다. 금인
가 난장을 맞을 건가 그것 때문에 농군은 버렸다. 이제 필연코
세상이 망하려는 징조이리라. 그 소중한 밭에다 구멍을 뚫고 이
지랄이니 그 놈이 온전할 겐가.

노인은 제 울화에 지팡이를 들어 삿대질을 아니할 수 없었다.

"벼락맞으니, 벼락맞어……."

"염려 말아유, 누가 알래지유."

영식이는 그럴 적마다 되퉁스레 쏘았다. 골김에[51] 흙을 되는 대로 내꾼지고[52]는 침을 탁 뱉고 구뎅이로 들어간다. 그러나 마음 한구석에는 언제나 끈- 하였다. 줄을 찾는다고 콩밭을 통이[53] 뒤집어 놓았다. 그리고 줄이 언제나 나올지 아직 까맣다. 논도 못 매고 물도 못 보고 벼가 어이 되었는지 그것조차 모른다. 밤에는 잠이 안 와 멀뚱허니 애를 태웠다.

수재는 낙담하는 기색도 없이 늘 하냥이었다.[54] 땅에 웅숭그리고 시적시적 노량으로[55] 땅만 판다.

"줄이 꼭 나오겠나?"

하고 목이 말라서 물으면,

"이번에 안 나오거든 내 목을 베게."

서슴지 않고 장담을 하고는 꿋꿋하였다.

이걸 보면 영식이도 마음이 좀 뇌는 듯싶었다. 전들 금이 없다면 무슨 멋으로 이 고생을 하랴. 반드시 금은 나올 것이다. 그제서는 이왕 손해는 하릴없거니와 고만두리라는 절망이 스스로 사라지고 다시금 주먹이 쥐어지는 것이었다.

캄캄하게 밤은 어두웠다. 어디선가 뭇 개가 요란히 짖어댄다.

남편은 진흙투성이를 하고 산에서 내려왔다. 풀이 죽어서 몸을 잘 가꾸지도 못하고 아랫목에 축 늘어진다.

이 꼴을 보니 아내는 맥이 다시 풀린다. 오늘도 또 글렀구나. 금이 터지면 집을 한 채 사간다고 자랑을 하고 왔더니 이내 헛일이었다. 인제 좌지가 나서 낯을 들고 나아갈 염의조차 없어졌다.

남편에게 저녁을 갖다주고 딱하게 바라본다.

"인젠 꾸어온 양식도 다 먹었는데……."

"새벽에 산제를 좀 지낼 턴데 한 번만 더 꿰와."

남의 말에는 대답 없고 유하게 흘게 늦은[56] 소리뿐. 그리고 드러누운 채 눈을 지그시 감아 버린다.

"죽거리두 없는데 산제는 무슨……."

"듣기 싫어! 요망맞은 년 같으니."

이 호통에 아내는 고만 멈썰하였다.[57] 요즘 와서는 무턱대고 공연스레 골만 내는 남편이 역 딱하였다. 환장을 하는지 밤잠도 안 자고 소리만 빽빽 지르며 덤벼들려고 든다. 심지어 어린것이 좀 울어도 이 자식 갖다 내꾼지라고[58] 북새를 피우는 것이다.

저녁을 아니 먹으므로 그냥 치워 버렸다. 남편의 영(令)을 거역키 어려워 양근댁한테로 또 다시 안 갈 수 없다. 그간 양식은 줄곧 꾸어다 먹고 갚지도 못하였는데 또 무슨 면목으로 입을 벌릴지 난처한 노릇이었다.

그는 생각다 끝에 있는 염치를 보째 쏟아 던지고 다시 한 번 찾아가는 것이다. 마는 딱 맞닥뜨리어 입을 열고,

"낼 산제를 지낸다는데 쌀이 있어야지유."

하자니 영 낯이 화끈하고 모닥불이 날아든다.

그러나 그들은 어지간히 착한 사람이었다.

"암 그렇지요. 산신이 벗나면[59] 죽도 그릅니다."

하고 말을 받으며 그 남편은 빙그레 웃는다. 워낙 금점에 장구

따라난 몸인 만큼 이런 일에는 적잖이 속이 틔었다. 손수 쌀 닷 되를 떠다 주며,

"산제란 안 지냄 몰라두 이왕 지내려면 아주 정성껏 해야 됩니다. 산신이란 노하길 잘 하니까유."

하고 그 비방까지 깨쳐 보낸다.

쌀을 받아 들고 나오며 영식이 처는 고마움보다 먼저 미안에 질리어 얼굴이 다시 빨갰다. 그리고 그들 부부 살아가는 살림이 참으로 참으로 몹시 부러웠다. 양근댁 남편은 날마다 금점으로 감돌며 버력 더미를 뒤지고 토록[60]을 주워 온다. 그걸 온종일 장판돌에다 갈면 수가 좋으면 이삼 원, 옥아도[61] 칠팔십 전 꼴은 매일 심[62]이 되는 것이었다. 그러면 쌀을 산다 피륙[63]을 끊는다 떡을 한다 장리를 놓는다– 그런데 우리는 왜 늘 요꼴인지. 생각만 하여도 가슴이 메는 듯 맥맥한 한숨이 연발을 하는 것이었다.

아내는 집에 돌아와 떡쌀을 담그었다. 낼은 뭘로 죽을 쑤어먹을는지. 웃목에 웅크리고 앉아서 맞은 쪽에 자빠져 있는 남편을 곁눈으로 살짝 할겨 본다. 남들을 돌아다니며 잘두 금을 주워오련만 저 망나니 제 밭 하나를 다 버려두 금 한 톨 못 주워오나. 에에. 변변치도 못한 사나이, 저도 모르게 얕은 한숨이 거푸 두 번을 터진다.

밤이 이슥하여 그들 양주는 떡을 하러 나왔다. 남편은 절구에 쿵쿵 빻았다. 그러나 체가 없다. 동네로 돌아다니며 빌려오느라고 아내는 다리에 불풍이 났다.[64]

"왜 이리 앉았수, 불 좀 지피지."

떡을 찌다가 얼이 빠져서 멍하니 앉았는 남편이 밉살스럽다. 남은 이래저래 애를 죄는데 저건 무슨 생각을 하고 저리 있는 건지. 낫으로 삭정이를 탁탁 조겨서[65] 던져주며 아내는 은근히 훅닥이었다.[66]

닭이 두 홰를 치고 나서야 떡은 되었다.

아내는 시루를 이고 남편은 겨드랑에 자리때기를 꼈다. 그리고 캄캄한 산길을 올라간다.

비탈길을 얼마 올라가서야 콩밭은 놓였다. 전면에 우뚝한 검은 산에 둘리어 막힌 곳이었다. 가생이[67]로 느티, 대추나무들은 머리를 풀었다.

밭머리 조금 못 미쳐 남편은 걸음을 멈추자 뒤의 아내를 돌아본다.

"인내, 그러구 여기 가만히 섰어……."

시루를 받아 한 팔로 껴안고 그는 혼자서 콩밭으로 올라섰다. 앞에 쌓인 것이 모두가 흙더미, 그 흙더미를 마악 돌아서려 할 제 아마 돌을 찼나 보다. 몸이 쓰러지려고 우찔근하니 아내는 기겁을 하여 뛰어오르며 그를 부축하였다.

"부정타라구 왜 올라와! 요망맞은 년."

남편은 몸을 고르잡자[68] 소리를 빽 지르며 아내를 얼뺨[69]을 붙인다. 가뜩이나 죽으라 죽으라 하는데 불길하게도 계집년이. 그는 마뜩지 않게 두덜거리며[70] 밭으로 들어간다.

밭 한가운데다 자리를 펴고 그 위에 시루를 놓았다. 그리고 시루 앞에다 공손하고 정성스레 재배를 커다랗게 한다.

"우리를 살려줍시사. 산신께서 거들어주지 않으면 저희는 죽을 수밖에 꼼짝없습니다유."

그는 손을 모디고[71] 이렇게 축원하였다.

아내는 이 꼴을 바라보며 독이 뾰록[72] 같이 올랐다. 금점을 합네 하고 금 한 톨 못 캐는 것이 버릇만 점점 글러간다. 그전에는 없더니 요새로 건뜻하면[73] 탕탕 때리는 못된 버릇이 생긴 것이다. 금을 캐랬지 뺨을 치랬나, 제발 덕분에 고놈의 금 좀 나오지 말았으면. 그는 뺨 맞은 앙심으로 맘껏 방자하였다.

하긴 아내의 말 고대로 되었다. 열흘이 썩 넘어도 산신은 깜깜 무소식이었다. 남편은 밤낮으로 눈을 까뒤집고 구덩이에 묻혀 있었다. 어쩌다 집엘 내려오는 때면 얼굴이 헐떡하고 어깨가 축 늘어지고 거반 병객이었다. 그리고서 잠자코 커단 몸집을 방고래[74]에다 쾅 하고 내던지고 하는 것이다.

"제 에미 붙을, 죽어나 버렸으면……."

혹은 이렇게 탄식하기도 하였다.

아내는 바가지에 점심을 이고서 집을 나섰다. 젖먹이는 등을 두드리며 좋다고 끽끽거린다.

인젠 흰 고무신이고 코다리고 생각조차 물렀다.[75] 그리고 「금」 하는 소리만 들어도 입에 신물이 날 만큼 되었다. 그건 고사하고 꿔다 먹은 양식에 졸리지나 말았으면 그만도 좋으련마는.

가을은 논으로 밭으로 누–렇게 내리었다. 농군들은 기꺼운 낯을 하고 서로 만나면 흥겨운 농담. 그러나 남편은 앵한[76] 밭만 망

치고 논조차 건사를 못하였으니 이 가을에는 뭘 걷어들이고 뭘 즐겨 할는지. 그는 동리 사람의 이목이 부끄러워 산길로 돌았다.

솔숲을 나서서 멀리 밭에를 바라보니 둘이 다 나와 있다. 오늘도 또 싸운 모양. 하나는 이쪽 흙더미에 앉았고 하나는 저쪽에 앉았고 서로들 외면하여 담배만 뻑뻑 피운다.

"점심들 잡수게유."

남편 앞에 바가지를 내려놓으며 가만히 맥을 보았다.

남편은 적삼이 찢어지고 얼굴에 생채기를 내었다. 그리고 두 팔을 걷고 먼 산을 향하여 묵묵히 앉았다.

수재는 흙에 박혔다 나왔는지 얼굴은 커녕 귓속들이 흙투성이다. 코 밑에는 피딱지가 말라붙었고 아직도 조금씩 흘러내린다. 영식이 처를 보더니 열적은 모양. 고개를 돌려 모로 떨어치며 입맛만 쩍쩍 다신다.

금을 캐라니까 밤낮 피만 내다 말려는가. 빚에 졸려 남은 속을 볶는데 무슨 호강에 이 지랄들인구. 아내는 못마땅하여 눈가에 살을 모았다.

"산제 지낸다구 꿔 온 것은 언제나 갚는다지유."

뚱하고 있는 남편을 향하여 말끝을 꼬부린다. 그러나 남편은 눈썹 하나 까딱하지 않는다. 이번에는 어조를 좀 돋우며,

"갚지도 못할 걸 왜 꿔오라 했지유?"

하고 얼주[77] 호령이었다.

이 말은 남편의 채 가라앉지도 못한 분통을 다시 건드린다. 그는 벌떡 일어서며 황밤주먹[78]을 쥐어 창낭할 만큼 아내의 골통을

후렸다.

"계집년이 방정맞게……."

다른 것은 모르나 주먹에는 아찔이었다. 멋없게 덤비다가 골통이 부서진다. 암상[79]을 참고 바르르 하다가 이윽고 아내는 등에 업은 언내[80]를 끌어들였다. 남편에게로 그대로 밀어던지니 아이는 까르륵 하고 숨 모는 소리를 친다.

그리고 아내는 돌아서서 혼잣말로,

"콩밭에서 금을 딴다는 숙맥도 있담."

하고 빗대 놓고 비아냥거린다.

"이년아 뭐?"

남편은 대뜸 달려들며 그 볼치에다 다시 올찬 황밤을 주었다. 적으나면[81] 계집이니 위로도 하여 주련만 요건 분만 폭폭 질러놓으려나, 예이 빌어먹을 거 이판사판이다.

"너허구 안 산다. 오늘루 가거라."

아내를 와락 떠다 밀어 논둑에 제켜 놓고 그 허구리를 발길로 퍽 질렀다. 아내는 입을 헉하고 벌린다.

"네가 허라구 옆구리를 쿡쿡 찌를 제는 은제냐. 요 집안 망할 년."

그리고 다시 퍽 질렀다. 연하여 또 퍽.

이 꼴을 보니 수재는 조바심이 일었다. 저러다가 그 분풀이가 다시 제게로 슬그머니 옮아올 것을 지르채었다.[82] 인제 걸리면 죽는다. 그는 비슬비슬하다 어느 틈엔가 구덩이 속으로 시나브로 없어져 버린다.

볕은 따사로운 가을 향취를 풍긴다. 주인을 잃고 콩은 무거운 열매를 둥글둥글 흙에 굴린다. 맞은쪽 산 밑에서 벼들을 베며 기뻐하는 농군의 노래.

"터졌네, 터져."

수재는 눈이 휘둥그렇게 굿문을 튀어나오며 소리를 친다. 손에는 흙 한 줌이 잔뜩 쥐었다.

"뭐."

하다가,

"금줄 잡았어, 금줄."

"으-ㅇ!"

하고, 외마디를 뒤남기자 영식이는 수재 앞으로 살같이 달려들었다. 허겁지겁 그 흙을 받아들고 샅샅이 헤쳐 보니 딴은 재래에[83] 보지 못하던 불그죽죽한 황토였다. 그는 눈에 눈물이 핑 돌며,

"이게 원줄인가."

"그럼 이것이 곱색줄[84]이라네. 한 포에 댓 돈씩은 넉넉 잡히되."

영식이는 기쁨보다 먼저 기가 탁 막혔다. 웃어야 옳을지 울어야 옳을지. 다만 입을 반쯤 벌린 채 수재의 얼굴만 멍하니 바라본다.

"이리 와 봐! 이게 금이래."

이윽고 남편은 아내를 부른다. 그리고 내 뭐랬어. 그러게 해보라구 그랬지 하고 설면설면[85] 덤벼오는 아내가 한결 어여뻤다.

그는 엄지손가락으로 아내의 눈물을 지워 주고 그러고 나서 껑충거리며 구덩이로 들어간다.

"그 흙 속에 금이 있지요?"

영식이 처가 너무 기뻐서 코다리에 고래 등 같은 집까지 연상할 제, 수재는 시원스러이,

"네, 한 포대에 오십 원씩 나와유."

하고 대답하고, 오늘 밤에는 꼭 정녕코 달아나리라 생각하였다. 거짓말이란 오래 못 간다. 뽕이 나서[86] 뼈다귀도 못 추리기 전에 훨훨 벗어나는 게 상책이겠다.

동백꽃

두 놈이 또 얼렸다.

오늘도 또 우리 수탉이 막 쪼키었다.
내가 점심을 먹고 나무를 하러 갈 양으로 나올 때였다.
산으로 올라서려니까 등 뒤에서 푸드득, 푸드득 하고
닭의 횃소리가 야단이다.
깜짝 놀라며 고개를 돌려 보니 아니나 다르랴,
두 놈이 또 얼렸다.

동백꽃

오늘도 또 우리 수탉이 막 쪼키었다. 내가 점심을 먹고 나무를 하러 갈 양으로 나올 때였다. 산으로 올라서려니까 등 뒤에서 푸드득, 푸드득 하고 닭의 횃소리[1]가 야단이다. 깜짝 놀라며 고개를 돌려 보니 아니나 다르랴, 두 놈이 또 얼렸다.

점순네 수탉(은 대강이[2]가 크고 똑 오소리[3] 같이 실팍하게 생긴 놈)이 덩저리[4] 적은 우리 수탉을 함부로 해내는 것이다. 그것도 그냥 해내는 것이 아니라, 푸드득, 하고 면두[5]를 쪼고 물러섰다가 좀 사이를 두고 또 푸드득, 하고 모가지를 쪼았다. 이렇게 멋을 부려가며 여지없이 닦아 놓는다. 그러면 이 못생긴 것은 쪼일 적마다 주둥이로 땅을 받으며 그 비명이 킥, 킥 할 뿐이다. 물론 미처 아물지도 않은 면두를 또 쪼키어 붉은 선혈은 뚝뚝 떨어진다.

이걸 가만히 내려다보자니 내 대강이가 터져서 피가 흐르는 것같이 두 눈에서 불이 버쩍 난다. 대뜸 지게막대기를 메고 달려들어 점순네 닭을 후려칠까 하다가 생각을 고쳐먹고 헛매질[6]로 떼어만 놓았다.

이번에도 점순이가 쌈을 붙여 났을 것이다. 바짝바짝 내 기를 올리느라고 그랬음에 틀림없을 것이다. 고놈의 계집애가 요새로 들어서서 왜 나를 못 먹겠다고 고렇게 아르릉거리는지 모른다.

나흘 전 감자 쪼간[7]만 하더라도 나는 저에게 조금도 잘못한 것은 없다.

계집애가 나물을 캐러 가면 갔지, 남 울타리 엮는데 쌩이질[8]을 하는 것은 다 뭐냐. 그것도 발소리를 죽여 가지고 등 뒤로 살며시 와서,

"애! 너 혼자만 일하니?"

하고, 긴치 않은 수작을 하는 것이다.

어제까지도 저와 나는 이야기도 잘 않고 서로 만나도 본 척 만 척하고 이렇게 점잖게 지내던 터이련만 오늘로 갑작스레 대견해졌음은 웬일인가. 항차[9] 망아지만한 계집애가 남 일하는 놈 보구……

"그럼 혼자 하지 떼루 하듸?"

내가 이렇게 내뱉는 소리를 하니까,

"너 일하기 좋니?"

또는,

"한여름이나 되거든 하지 벌써 울타리를 하니?"

잔소리를 두루 늘어놓다가 남이 들을까 봐 손으로 입을 틀어 막고는 그 속에서 깔깔댄다. 별루 우스울 것도 없는데 날씨가 풀리더니 이놈의 계집애가 미쳤나 하고 의심하였다. 게다가 조금 뒤에는 즈 집께를 할금할금[10] 돌아보더니 행주치마의 속으로 꼈던 바른손을 뽑아서 나의 턱밑으로 불쑥 내미는 것이다. 언제 구웠는지 아직도 더운 김이 홱 끼치는 감자 세 개가 손에 뿌듯이 쥐었다.

"느 집엔 이거 없지?"

하고 생색 있는 큰소리를 하고는 제가 준 것을 남이 알면 큰일 날 테니 여기서 얼른 먹어 버리란다. 그리고 또 하는 소리가,

"너 봄 감자가 맛있단다."

"난 감자 안 먹는다. 너나 먹어라."

나는 고개도 돌리려 하지 않고 일하던 손으로 그 감자를 도로 어깨 너머로 쑥 밀어 버렸다.

그랬더니 그래도 가는 기색이 없고, 뿐만 아니라 쌔근쌔근하고 심상치 않게 숨소리가 점점 거칠어진다. 이건 또 뭐야 싶어서 그때에야 비로소 돌아다보니 나는 참으로 놀랐다. 우리가 이 동리에 온 것은 근 삼 년째 되어 오지만 여태껏 가무잡잡한 점순이의 얼굴이 이렇게까지 홍당무처럼 빨개진 법이 없었다. 게다 눈에 독을 올리고 한참 나를 요렇게 쏘아보더니 나중에는 눈물까지 어리는 것이 아니냐. 그리고 바구니를 다시 집어들더니 이를 꼭 아물고는 엎어질 듯 자빠질 듯 논둑으로 횡하게 달아나는 것

이다.

어쩌다 동리 어른이,

"너 얼른 시집을 가야지?"

하고 웃으면,

"염려 마셔유. 갈 때 되면 어련히 갈라구ㅡ."

이렇게 천연덕스레 받는 점순이었다. 본시 부끄러움을 타는 계집애도 아니거니와 또한 분하다고 눈에 눈물을 보일 얼병이[11]도 아니다. 분하면 차라리 나의 등어리를 보구니[12]로 한번 모지게 후려 쌔리고 달아날지언정.

그런데 고약한 그 꼴을 하고 가더니 그 뒤로는 나를 보면 잡아먹으려고 기를 복복 쓰는 것이다.

설혹, 주는 감자를 안 받아먹은 것이 실례라 하면, 주면 그냥 주었지 "느 집엔 이거 없지"는 다 뭐냐. 그렇잖아도 저희는 마름이고, 우리는 그 손에서 배재[13]를 얻어 땅을 부치므로 일상 굽실거린다. 우리가 이 마을에 처음 들어와 집이 없어서 곤란으로 지낼 제, 집터를 빌리고 그 위에 집을 또 짓도록 마련해 준 것도 점순네의 호의였다. 그리고 우리 어머니 아버지도 농사 때 양식이 딸리면[14] 점순네한테 가서 부지런히 꾸어다 먹으면서, 인품 그런 집은 다시 없으리라고 침이 마르도록 칭찬하고 하는 것이다. 그러면서도 열일곱씩이나 된 것들이 수군수군하고 붙어 다니면 동리의 소문이 사납다고 주의를 시켜 준 것도 또 어머니였다. 왜냐하면, 내가 점순이하고 일을 저질렀다가는 점순네가 노할 것이고, 그러면 우리는 땅도 떨어지고 집도 내쫓기고 하지 않으면 안 되는 까닭이었다.

그런데 이놈의 계집애가 까닭 없이 기를 복복 쓰며 나를 말려 죽이려고 드는 것이다.

눈물을 흘리고 간 그 담날[15] 저녁나절이었다. 나무를 한 짐 잔뜩 지고 산을 내려오려니까 어디서 닭이 죽는소리를 친다. 이거 뉘 집에서 닭을 잡나, 하고 점순네 울 뒤로 돌아오다가 나는 그만 두 눈이 뚱그레졌다. 점순이가 저의 집 봉당에 홀로 걸터앉았는데, 아 이게 치마 앞에다 우리 씨암탉을 꼭 붙들어놓고는

"이놈의 닭! 죽어라 죽어라."

요렇게 암팡스레[16] 패 주는 것이 아닌가. 그것도 대가리나 치면 모른다마는 아주 알도 못 낳으라고 그 볼기짝께를 주먹으로 콕콕 쥐어박는 것이다.

나는 눈에 쌍심지가 오르고 사지가 부르르 떨렸으나, 사방을 한번 휘돌아보고 그제야 점순이 집에 아무도 없음을 알았다. 잡은 참지게 막대기를 들어 울타리의 중턱을 후려치며

"이놈의 계집애! 남의 닭 알 못 낳으라구 그러니?"

하고 소리를 빽 질렀다.

그러나 점순이는 조금도 놀라는 기색이 없고, 그대로 의젓이 앉아서 제 닭 가지고 하듯이 또 죽어라, 죽어라 하고 패는 것이다. 이걸 보면 내가 산에서 내려올 때를 겨냥해 가지고 미리부터 닭을 잡아가지고 있다가 네 보란 듯이 내 앞에 쥐지르고[17] 있음이 확실하다.

그러나 나는 그렇다고 남의 집에 튀어들어가 계집애하고 싸울

수도 없는 노릇이고, 형편이 썩 불리함을 알았다. 그래 닭이 맞을 적마다 지게막대기로 울타리나 후려칠 수밖에 별 도리가 없다. 왜냐하면, 울타리를 치면 칠수록 울섶이 물러앉으며 뼈대만 남기 때문이다. 허나, 아무리 생각하여도 나만 밑지는 노릇이다.

"아, 이년아! 남의 닭 아주 죽일 터이냐?"

내가 도끼눈을 뜨고 다시 꽥 호령을 하니까, 그제야 울타리께로 쪼르르 오더니 울 밖에 섰는 나의 머리를 겨누고 닭을 내팽개친다.

"에이 더럽다! 더럽다!"

"더러운 걸 널더러 입때 끼고 있으랬니? 망할 계집애년 같으니."

하고 나도 더럽단 듯이 울타리께를 횡하게 돌아내리며 약이 오를 대로 다 올랐다라고 하는 것은, 암탉이 풍기는 서슬에 나의 이마빼기에다 물찌똥을 찍 갈겼는데, 그걸 본다면 알집만 터졌을 뿐 아니라 골병은 단단히 든 듯싶다.

그리고 나의 등 뒤를 향하여 나에게만 들릴 듯 말 듯한 음성으로

"이 바보 녀석아!"

"얘! 너 배냇병신[18]이지?"

그만도 좋으련만,

"얘! 너, 느 아버지가 고자[19]라지?"

"뭐? 울 아버지가 그래 고자야?"

할 양으로, 열벙거지가 나서[20] 고개를 홱 돌리어 바라봤더니,

그때까지 울타리 위로 나와 있어야 할 점순이의 대가리가 어디를 갔는지 보이지를 않는다. 그러다 돌아서서 오자면 아까에 한 욕을 울 밖으로 또 퍼붓는 것이다. 욕을 이토록 먹어가면서도 대거리[21] 한마디 못하는 걸 생각하니 돌부리에 채키어 발톱 밑이 터지는 것도 모를 만큼 분하고, 급기야는 두 눈에 눈물까지 불끈 내솟는다.

그러나 점순이의 침해는 이것뿐이 아니다.

사람들이 없으면, 틈틈이 제 집 수탉을 몰고 와서 우리 수탉과 쌈을 붙여 놓는다. 제 집 수탉은 썩 험상궂게 생기고, 쌈이라면 회를 치는 고로 으레 이길 것을 알기 때문이다. 그래서 툭하면 우리 수탉이 면두며 눈깔이 피로 흐드르하게 되도록 해 놓는다. 어떤 때에는, 우리 수탉이 나오지를 않으니까 요놈의 계집애가 모이를 쥐고 와서 꾀어내다가 쌈을 붙인다.

이렇게 되면 나도 다른 배채[22]를 차리지 않을 수 없었다. 하루는 우리 수탉을 붙들어 가지고 넌지시 장독께로 갔다. 쌈닭에게 고추장을 먹이면, 병든 황소가 살모사[23]를 먹고 용을 쓰는 것처럼 기운이 뻗친다 한다, 장독에서 고추장 한 접시를 떠서 닭의 주둥아리께로 들이밀고 먹여 보았다. 닭도 고추장에 맛을 들였는지 거스르지 않고 거의 반 접시 턱이나 곧잘 먹는다.

그리고 먹고 금세는 용을 못 쓸 터이므로 얼마쯤 기운이 돌도록 홰 속에다 가두어 두었다.

밭에 두엄을 두어 짐 져내고 나서 쉴 참에 그 닭을 안고 밖으로 나왔다. 마침 밖에는 아무도 없고 점순이만 저의 울 안에서

헌 옷을 뜯는지 혹은 솜을 터는지 웅크리고 앉아서 일을 할 뿐이
다.

나는 점순네 수탉이 노는 밭으로 가서 닭을 내려놓고 가만히
맥을 보았다. 두 닭은 여전히 얼려 쌈을 하는데 처음에는 아무
보람이 없다. 멋지게 쪼는 바람에 우리 닭은 또 피를 흘리고 그
러면서도 날갯죽지만 푸드득, 푸드득, 하고 올라뛰고 뛰고 할 뿐
으로 제법 한번 쪼아보지도 못한다.

그러나 한 번엔 어쩐 일인지 용을 쓰고 펄쩍 뛰더니 발톱으로
눈을 하비고[24] 내려오며 면두를 쪼았다. 큰 닭도 여기에는 놀랐
는지 뒤로 멈씰하며[25] 물러난다. 이 기회를 타서 작은 우리 수탉
이 또 날쌔게 덤벼들며 다시 면두를 쪼니 그제서는 감때사나운
그 대강이에서도 피가 흐르지 않을 수 없었다.

옳다, 알았다. 고추장만 먹이면 되는구나 하고 나는 속으로 아
주 쟁그러워[26] 죽겠다. 그 때에는 뜻밖에 내가 닭쌈을 붙여놓는
데 놀라서 울 밖으로 내다보고 섰던 점순이도 입맛이 쓴지 살[27]
을 찌푸렸다.

나는 두 손으로 볼기짝을 두드리며 연방

"잘한다! 잘한다!"

하고 신이 머리끝까지 뻗쳤다.

그러나 얼마 되지 않아서 나는 넋이 풀려 기둥같이 묵묵히 서
있게 되었다. 왜냐면, 큰 닭이 한번 쪼인 앙가프리[28]로 허들갑스
레 연거푸 쪼는 서슬에 우리 수탉은 찔끔 못하고 막 곯는다. 이
걸 보고서 이번에는 점순이가 깔깔거리고 되도록 이쪽으로 많이

들으라고 웃는 것이다.

나는 보다 못하여 덤벼들어서 우리 수탉을 붙들어 가지고 도로 집으로 들어왔다. 고추장을 좀더 먹였더라면 좋았을 걸 너무 급하게 쌈을 붙인 것이 퍽 후회가 난다. 장독께로 돌아와서 다시 턱 밑에 고추장을 들이댔다. 흥분으로 말미암아 그런지 당최 먹질 않는다.

나는 하릴없이 닭을 반듯이 눕히고 그 입에다 궐련 물쭈리[29]를 물렸다. 그리고 고추장 물을 타서 그 구멍으로 조금씩 들이부었다. 닭은 좀 괴로운지 킥킥 하고 재채기를 하는 모양이나, 그러나 당장의 괴로움은 매일같이 피를 흘리는 데 델 게 아니라 생각하였다.

그러나 한 두어 종지 가량 고추장 물을 먹이고 나서는 나는 고만 풀이 죽었다. 싱싱하던 닭이 왜 그런지 고개를 살며시 뒤틀고는 손아귀에서 뼈드러지는[30] 것이 아닌가. 아버지가 볼까 봐서 얼른 홰에다 감추어 두었더니 오늘 아침에서야 겨우 정신이 든 모양 같다.

그랬던 걸 이렇게 오다 보니까 또 쌈을 붙여 놨으니 이 망한 계집애가 필연[31] 우리 집에 아무도 없는 틈을 타서 제가 들어와 홰에서 꺼내 가지고 나간 것이 분명하다.

나는 다시 닭을 잡아다 가두고, 염려는 스러우나 그렇다고 산으로 나무를 하러 가지 않을 수도 없는 형편이었다.

소나무 삭정이[32]를 따며 가만히 생각해 보니 암만 해도 고년의 목쟁이[33]를 돌려놓고 싶다. 이번에 내려가면 망할 년 등줄기를

한번 되게 후려치겠다 하고 싱둥겅둥[34] 나무를 지고는 부리나케
내려왔다.

거지반 집께 다 내려와서 나는 호들기[35] 소리를 듣고 발이 딱
멈추었다. 산기슭에 늘려 있는 굵은 바윗돌 틈에 노란 동백꽃이
소보록하니 깔렸다. 그 틈에 끼어 앉아서 점순이가 청승맞게스
리 호들기를 불고 있는 것이다. 그보다 더 놀란 것은, 그 앞에서
또 푸드득, 푸드득, 하고 들리는 닭의 횃소리다. 필연코 요년이
나의 약을 올리느라고 또 닭을 집어내다가 내가 내려올 길목에
다 쌈을 시켜 놓고 저는 그 앞에 앉아서 천연스레 호들기를 불고
있음에 틀림없으리라.

나는 약이 오를 대로 다 올라서, 두 눈에서 불과 함께 눈물이
퍽 쏟아졌다. 나무 지게도 벗어놓을 새 없이 그대로 내동댕이치
고는 지게막대기를 뻗치고 허둥지둥 달려들었다.

가차이[36] 와 보니, 과연 나의 짐작대로 우리 수탉이 피를 흘리
고 거의 빈사지경[37]에 이르렀다. 닭도 닭이려니와, 그러함에도
불구하고 눈 하나 깜짝 없이 그대로 앉아서 호들기만 부는 그 꼴
에 더욱 치가 떨린다. 동리에서도 소문이 났거니와, 나도 한때는
격실격실[38] 일 잘 하고 얼굴 예쁜 계집앤 줄 알았더니, 시방 보니
까 그 눈깔이 꼭 여호[39] 새끼 같다.

나는 대뜸 달려들어서 나도 모르는 사이에 큰 수탉을 단매로
때려 엎었다. 닭은 푹 엎어진 채 다리 하나 꼼짝 못하고 그대로
죽어 버렸다. 그리고 나는 멍하니 섰다가 점순이가 매섭게 눈을
홉뜨고[40] 닥치는 바람에 뒤로 벌렁 나자빠졌다.

“이놈아! 너 왜 남의 닭을 때려죽이니?”

“그럼 어때?”

하고 일어나다가,

“뭐, 이 자식아! 누 집 닭인데!”

하고 복장을 떼미는 바람에 다시 벌렁 자빠졌다. 그러고 나서 가만히 생각을 하니 분하기도 하고 무안도 스럽고, 또 한편 일을 저질렀으니, 인젠 땅이 떨어지고 집도 내쫓기고 해야 될는지 모른다.

나는 비슬비슬 일어나며 소맷자락으로 눈을 가리고는 얼김에 엉, 하고 울음을 놓았다. 그러다 점순이가 앞으로 다가와서,

“그럼, 너 이담부터 안 그럴 테냐?”

하고 물을 때에야 비로소 살 길을 찾은 듯싶었다. 나는 눈물을 우선 씻고 뭘 안 그러는지 명색[41]도 모르건만

“그래!”

하고 무턱대고 대답하였다.

“요담부터 또 그래 봐라, 내 자꾸 못살게 굴 테니.”

“그래그래, 인젠 안 그럴 테야!”

“닭 죽은 건 염려마라. 내 안 이를 테니.”

그리고 뭣에 떠다 밀렸는지 나의 어깨를 짚은 채 그대로 픽 쓰러진다. 그 바람에 나의 몸뚱이도 겹쳐서 쓰러지며, 한창 피어 퍼드러진 노란 동백꽃 속으로 푹 파묻혀 버렸다.

알싸한, 그리고 향긋한 그 냄새에 나는 땅이 꺼지는 듯이 온 정신이 그만 아찔하였다.

“아무 말 마라!”

“그래!”

조금 있더니 요 아래서,

“점순아! 점순아! 이년이 바느질을 하다 말구 어딜 갔어?”

하고 어딜 갔다 온 듯싶은 그 어머니가 역정이 대단히 났다.

점순이가 겁을 잔뜩 집어먹고 꽃 밑을 살금살금 기어서 산 알로[42] 내려간 다음, 나는 바위를 끼고 엉금엉금 기어서 산 위로 치빼지 않을 수 없었다.

만무방

산골에, 가을은 무르녹았다.
아람드리 노송은 빽빽히 늘어박혔다.
무거운 송낙을 머리에 쓰고 건들건들.
새새이 끼인 도토리, 벚, 돌배, 갈잎 들은 울긋불긋.
잔디를 적시며 맑은 샘이 쫄쫄거린다.

만무방 [1]

산골에, 가을은 무르녹았다.

아름드리 노송은 삑삑히 늘어박혔다. 무거운 송낙을 머리에 쓰고 건들건들. 새새이 끼인 도토리, 벚[2], 돌배, 갈잎 들은 울긋불긋. 잔디를 적시며 맑은 샘이 쫄쫄거린다. 산토끼 두 놈은 한가로이 마주 앉아 그 물을 할짝거리고,[3] 이따금 정신이 나는 듯 가랑잎은 부수수 하고 떨린다. 산산한 산들바람. 귀여운 들국화는 그 품에 새뜩새뜩 넘논다. 흙내와 함께 향긋한 땅김이 코를 찌른다. 요놈은 싸리버섯, 요놈은 잎 썩은 내, 또 요놈은 송이- 아니, 아니, 가시넝쿨 속에 숨은 박하풀 냄새로군.

응칠이는 뒷짐을 딱 지고 어정어정 노닌다. 유유히 다리를 옮겨 놓으며 이 나무 저 나무 사이로 호아든다.[4] 코는 공중에서 벌렸다 오므렸다 연신 이러며 훅, 훅. 구붓한[5] 한 송목 밑에 이르자 그는 발을 멈춘다. 이번에는 지면에 코를 얕이 갖다 대고 한 바퀴 비잉, 나물 끼고 돌았다.

─아하, 요놈이로군!

썩은 솔잎에 덮여 흙이 봉곳이 돋아 올랐다.

그는 손가락을 꾸짖으며 정성스레 살살 헤쳐 본다. 과연 귀여운 송이. 망할 녀석, 조금만 더 나오지, 그걸 뚝 따들곤, 뒷짐을 지고 다시 어실렁어실렁. 가끔 선하품은 터진다. 그럴 적마다 두 팔을 떡 벌리곤 먼 하늘을 바라보고 늘어지게도 기지개를 늘인다.

때는 한창 바쁠 추수 때이다. 농군치고 송이파적[6] 나올 놈은 생겨나도 않았으리라. 허나 그는 꼭 해야만 할 일이 없었다. 싶으면 하고 말면 말고 그저 그뿐. 그러함에는 먹을 것이 더럭 있느냐면 있기커녕 부쳐 먹을 농토조차 없는, 계집도 없고 집도 없고 자식 없고. 방은 있대야 남의 곁방이요 잠은 새우잠이요. 하지만 오늘 아침만 해도 한 친구가 찾아와서 벼를 털 텐데 일 좀 와 해달라는 걸 마다하였다. 몇 푼 바람에 그까짓 걸 누가 하느냐. 보다는 송이가 좋았다. 왜냐면 이 땅 삼천리 강산에 늘려 놓인 곡식이 말쩡 누 거람. 먼저 먹는 놈이 임자 아니야. 먹다 걸릴 만치 그토록 양식을 쌓아 두고 일이 다 무슨 난장 맞을 일이람. 걸리지 않도록 먹을 궁리나 할 게지. 하기는 그도 한 세 번이나 걸려서 구메밥[7]으로 사관을 틀었다.[8] 마는 결국 제 밥상 위에 올라앉은 제 몫도 자칫하면 먹다 걸리긴 매일반─.

올라갈수록 덤불은 우거졌다. 머루며 다래, 칡, 게다 이름 모를 잡초. 이것들이 위아래로 이리저리 서리어 좀체 길을 내지 않는다. 그는 잔딧길로만 돌았다. 넓적다리가 벌죽이는 찢어진 고의자락⁹⁾을 아끼며 조심조심 사려 딛는다. 손에는 칡으로 엮어 든 일곱 개 송이. 늙은 소나무마다 가선 두리번거린다. 사냥개 모양으로 코로 쿡, 쿡, 내를 한다. 이것도 송이 같고 저것도 송이. 어떤 게 알짜 송인지 분간을 모른다. 토끼똥이 소보록한데 갈잎이 한 잎 뚝 떨어졌다. 그 잎을 살며시 들어보니 송이 대구리¹⁰⁾가 불쑥 올라왔다. 매우 큰 송인 듯. 그는 반색하여 그 앞에 무릎을 털썩 꿇었다. 그리고 그 위에 두 손을 내들며 열 손가락을 다 펴들었다. 가만가만히 살살 흙을 헤쳐 본다. 주먹만한 송이가 나타난다. 애 이놈 크구나. 손바닥 위에 따 올려놓고는 한참 들여다보며 싱글벙글한다. 우중충한 구석으로 바위는 벽같이 깎아질렸다. 그 중턱을 얽어 나간 칡잎에서는 물이 쪼록쪼록, 흘러내린다. 인삼이 썩어 내리는 약수라 한다. 그는 돌 위에 걸터앉으며 또 한 번 하품을 하였다. 간밤 쓸데없는 노름에 밤을 팬 것이 몹시 나른하였다. 따사로운 햇발이 숲을 새어든다. 다람쥐가 솔방울을 떨어치며. 어여쁜 할미새는 앞에서 알씬거리고¹¹⁾. 동리에서는 타작을 하느라고 와글거린다. 흥겨워 외치는 목성, 그걸 억누르고 공중에 응, 응, 진동하는 벼 터는 기계 소리. 맞은쪽 산속에서 어린 목동들의 노래는 처량히 울려온다. 산속에 묻힌 마을의 전경을 멀리 바라보다가 그는 눈을 찌긋하며 다시 한 번 하품을 뽑는다. 이 웬 놈의 하품일까. 생각해 보니 어제 저녁부터 여지껏 창주[12]가 긁리던 것이다. 불현듯 송이 꾸러미에서 그 중 크고 먹음직한 놈을 하나 뽑아 들었다.

응칠이는 그 송이를 물에 쓰억쓰억 비벼서는 떡 벌어진 대구리부터 걸쌈스레[13] 덥석 물어 떼었다. 그리고 넓죽한 입이 움질움질 씹는다. 혀가 녹을 듯이 만질만질하고 향기로운 그 맛. 이렇게 훌륭한 놈을 입맛만 다시고 못 먹다니. 문득 옛 추억이 혀끝에 뱅뱅 돈다. 이놈을 맛보는 것도 참 근자의 일이다. 감불생심이지 어디 냄새나 똑똑히 맡아 보리. 산속으로 쏘다니다 백판[14] 못 따기도 하려니와 더러 딴다는 놈은 행여 상할까 봐 손도 못 대게 하고 집에 내려다 모으고 모으고 하는 것이다. 그러나 요행히 한 꾸림이 차면 금시로 장에 가져다 판다. 이틀 사흘씩 공때린[15] 거로되 잘 하면 사십 전 못 받으면 이십오 전. 저녁거리를 기다리는 아내를 생각하며 좁쌀 서너 되를 손에 사 들고 어두운 고개치를 터덜터덜 올라오는 건 좋으나 이 신세를 뭐에 쓰나, 하고 보면 을프냥궂기[16]가 짝이 없겠고- 이까짓 걸 못 먹어 그래 홧김에 또 한 놈을 뽑아 들고 이번엔 물에 흙도 씻을 새 없이 그대로 텁석거린다. 그러나 다른 놈들도 별 수 없으렷다. 이 산골이 송이의 본 고향이로되 아마 일 년에 한 개조차 먹는 놈이 드물리라.

-흠, 썩어진 두상들!

그는 폭넓은 얼굴을 이그리며[17] 남이나 들으란 듯이 이렇게 비웃는다. 썩었다. 함은 데생겼다[18] 모멸하는 그의 언투였다. 먹다 나머지 송이 꽁댕이를 바로 자랑스러이 입에다 치뜨리곤 트림을 섞어 가며 우물거린다.

송이가 두 개가 들어가니 이제는 더 먹을 재미가 없다. 뭔가 좀 든든한 걸 먹었으면 좋겠는데. 떡, 국수, 말고기, 개고기, 돼지고기, 그렇지 않으면 쇠고기냐. 아따 궁한 판이니 아무거나 있으면 속중[19]으로 여러 가질 먹으며 시름없이 앉았다. 그는 눈꼴이 슬그머니 돌아간다. 웬 놈의 닭인지 암탉 한 마리가 조 아래 무덤 앞에서 빼빼 맨다. 골골거리며 감도는 걸 보매 아마 알 자리를 보는 맥이라. 그는 돌에서 궁둥이를 들었다. 낮은 하늘로 외면하여 못 본 척하고 닭을 향하여 저켠으로 널찍이 돌아내린다. 그러나 무덤까지 왔을 때 몸을 돌리며,

"후, 후, 후, 이 자식이 어딜 가 후―."

두 팔을 벌리고 쫓아간다. 산꼭대기로 치모니 닭은 하둥지둥 갈 길을 모른다. 요리 매낀 조리 매낀, 꼬꼬댁거리며 속만 태울 뿐. 그러나 바위틈에 끼어 왁살스러운[20] 그 주먹에 모가지가 둘로 나기에는 불과 몇 분 못 걸렸다.

그는 으슥한 숲 속으로 찾아들었다. 닭의 껍질을 홀랑 까고서 두 다리를 들고 찢으니 배창이 옆구리로 꿰진다.[21] 그놈을 긁어 뽑아서 껍질과 한데 뭉치어 흙에 묻어 버린다.

고기가 생기고 보니 연하여 나느니 막걸리 생각. 이걸 부글부글 끓여 놓고 한 사발 떡 켰으면[22] 똑 좋을 텐데 제―기. 응칠이의 고기는 어디 떨어졌는지 술집까지 못 가는 고기였다. 아무려나 고기 먹구 술 먹구 거꾸룬 못 먹느냐. 그는 닭의 가슴패기를 입에 뒤려내고[23] 쭉 찢어가며 먹기 시작한다. 쫄깃쫄깃한 놈이 제

법 맛이 들었다. 가슴을 먹고 넓적다리, 볼기짝을 먹고 거반 반쯤을 다 해내고 나니 어쩐지 맛이 좀 적었다. 결국 음식이란 양념을 해야 하는군.

수풀 속으로 그냥 내던지고 그는 설렁설렁[24] 내려온다. 솔숲을 빠져 화전께로 내리려 할 때 별안간 등 뒤에서,

"여보게, 거 응칠이 아닌가."

고개를 돌려 보니 대장간 하는 성팔이가 작달막한 체수[25]에 들 갑작거리며[26] 고개를 넘어온다. 그런데 무슨 긴한 일이나 있는지 부리나케 달려들더니,

"자네 응고개 논의 벼 없어진 거 아나?"

응칠이는 고만 가슴이 덜컥 내려앉았다. 이 바쁜 때 농군의 몸으로 응고개까지 애를 써 갈 놈도 없으려니와 또한 하필 절 보고 벼의 없어짐을 말하는 것이 여간 심상치 않은 일이었다.

잡담 제하고 응칠이는,

"자넨 어째서 응고개까지 갔던가?"

하고 대담스레도 그 눈을 쏘아보았다. 그러나 성팔이는 조금도 겁 먹은 기색 없이,

"아 어쩌다 지났지 뭘 그래."

하며 도리어 얼레발[27]을 치고 덤비는 수작이다. 고얀 놈, 응칠이는 입때 다녀야 동무를 팔아 배를 채우는 그런 비열한 짓은 안한다. 낯을 붉히자 눈에 물이 보이며,

"어쩌다 지냈다?"

응칠이가 이 동리에 들어온 것은 어느덧 달이 넘었다. 인제는

물릴 때도 되었고, 좀 떠보고자 생각은 간절하나 아우의 일로 말미암아 망설거리는 중이었다.

그는 오라는 데는 없어도 갈 데는 많았다. 산으로 들로 해변으로 발뿌리 놓이는 곳이 즉 가는 곳이다.

그러나 저물며는 그대로 쓰러진다. 남의 방앗간이고 헛간이고 혹은 강가, 시새장.[28] 물론 수가 좋으면 괴때기[29] 위에서 밤을 편히 잘 적도 있었다. 이렇게 하여 강원도 어수룩한 산골로 이리 넘고 저리 넘고 못 간 데 별로 없이 유람 겸 편답[30]하였다.

그는 한구석에 머물러 있음은 가슴이 답답할 만치 되우[31] 괴로웠다.

그렇다고 응칠이가 번시라[32] 역마직성[33]이냐 하면 그런 것도 아니다. 그도 오 년 전에는 사랑하는 아내가 있었고 아들이 있었고 집도 있었고 그때야 어딜 하루라고 집을 떨어져 보았으랴. 밤마다 아내와 마주 앉으면 어찌하면 이 살림이 좀 늘어 볼까 불어 볼까, 애간장을 태우며 같은 궁리를 되하고 되하였다. 마는 별 뾽죽한 수는 없었다. 농사는 열심히 하는 것 같은데 알고 보면 남는 건 겨우 남의 빚뿐. 이러다가는 결말엔 봉변을 면치 못할 것이다. 하루는 밤이 깊어서 코를 골며 자는 아내를 깨웠다. 밖에 나아가 우리의 세간이 몇 개나 되는지 세어 보라 하였다. 그리고 저는 벼루에 먹을 갈아 붓에 찍어 들었다. 벽에 바른 신문지는 누렇게 꺼럿다.[34] 그 위에다 아내가 불러 주는 물목대로 일일이 내려 적었다. 독이 세 개, 호미가 둘, 낫이 하나로부터 밥사발, 젓가락, 짚이 석 단까지 그 담에는 제가 빚을 얻어 온 데, 그 사람들의 이름을 쭉 적어 놓았다. 금액은 제각기 그 아래다 달아 놓고, 그 옆으론 조금 사이를 떼어 역시 조선문[35]으로 나의 소유는 이것밖에 없노라. 나는 오십사 원을 갚을 길이 없으매 죄진 몸이라 도망하니 그대들은 아예 싸울 게 아니겠고 서로 의논하여 억울치 않도록 분배하여 가기 바라노라 하는 의미의 성명서를 벽에 남기자 안으로 문들을 걸어 닫고 울타리 밑구멍으로 세 식구 빠져나왔다.

이것이 응칠이가 팔자를 고치던 첫날이었다.

그들 부부는 돌아다니며 밥을 빌었다. 아내가 빌어다 남편에게, 남편이 빌어다 아내에게. 그러자 어느 날 밤 아내의 얼굴이 썩 슬픈 빛이었다. 눈보라는 살을 에인다. 다 쓰러져 가는 물방앗간 한구석에서 섬[36]을 두르고 언내에게 젖을 먹이며 떨고 있더니 여보게유, 하고 고개를 돌린다. 왜, 하니까 그 말이, 이러다간 우리도 고생일 뿐더러 첫때 어린애 잡겠수, 그러니 서로 갈립시다 하는 것이다. 하긴 그럴 법한 말이다. 쥐뿔도 없는 것들이 붙어 다닌댔자 별수는 없다. 그보담은 서로 갈리어 제 맘대로 빌어 먹는 것이 오히려 가뜬하리라. 그는 선뜻 응낙하였다. 아내의 말대로 개가를 해가서 젖먹이나 잘 키우고 몸 성히 있으면 혹 연분이 닿아 다시 만날지도 모르니까 마지막으로 아내와 같이 땅바닥에 나란히 누워 하룻밤을 떨고 나서 날이 훤해지자 그는 툭툭 털고 일어섰다.

매팔자[37]란 응칠이의 팔자이겠다.

그는 버젓이 게트림[38]으로 길을 걸어야 걸릴 것은 하나도 없

다. 논 맬 걱정도, 호포 바칠 걱정도, 빚 갚을 걱정, 아내 걱정, 또
는 굶을 걱정도. 호동가란히[39] 털고 나서니 팔자 중에는 아주 상
팔자다. 먹구만 싶으면 도야지구, 닭이구, 개구, 언제나 옆을 떠
날 새 없겠지, 그리고 돈, 돈두―.

　그러나 주재소[40]는 그를 노려보았다. 툭하면 오라, 가라, 하는
데 학질[41]이었다. 어느 동리고 가 있다가 불행히 일만 나면 누구
보다도 그부터 붙들려 간다. 왜냐면 그는 전과 사범이었다. 처음
에는 도박으로 다음엔 절도로 또 고 담에도 절도로, 절도로. 그
러나 이번 멀리 아우를 방문함은 생활이 궁하여 근대러[42] 왔다거
나 혹은 일을 해보러 온 것은 결코 아니었다. 혈족이라곤 단 하
나의 동생이요, 또한 오래 못 본지라 때없이 그리웠다. 그래 모
처럼 찾아온 것이 뜻밖에 덜컥 일을 만났다.

　지금까지 논의 벼가 서 있다면 그것은 성한 사람의 짓이라 안
할 것이다.

　응오는 응고개 논의 벼를 여태 베지 않았다. 물론 응오가 베어
야 할 것이나 누가 듣든지 그 형 응칠이를 먼저 의심하리라. 그
럼 여기에 따르는 모든 책임을 응칠이가 혼자 지지 않으면 안 될
것이다.

　응오는 진실한 농군이었다. 나이 서른하나로 무던히 철났다
하고 동리에서 쳐주는 모범 청년이었다. 그런데 벼를 베지 않는
다. 남은 다들 걷어들였고 털기까지 하련만 그는 벨 생각조차 않
는 것이다.

　지주라든 혹은 그에게 장리를 놓은 김참판이든 뻔질[43] 찾아와

벼를 베라 독촉하였다.

"얼른 털어서 낼 건 내야지."

하면 그 대답은,

"계집이 죽게 됐는데 벼는 다 뭐지유-."

하고 한결같이 내뱉는 소리뿐이었다.

하기는 응오의 아내가 지금 기지사경[44]이매 틈은 없었다 하더라도 돈이 놀아서 약을 못 쓰는 이 판이니 진시[45] 벼라도 털어야 할 것이다.

그러면 왜 안 털었던가-.

그것은 작년 응오와 같이 지주 문전에서 타작을 하던 친구라면 묻지는 않으리라. 한 해 동안 애를 졸이며 홑자식[46] 모양으로 알뜰히 가꾸던 그 벼를 거둬들임은 기쁨에 틀림없었다. 꼭두새벽부터 엣, 엣 하며 괴로움을 모른다. 그러나 캄캄하도록 털고 나서 지주에게 도지[47]를 제하고, 장리쌀[48]을 제하고, 색조[49]를 제하고 보니 남은 것은 등줄기를 흐르는 식은땀이 있을 따름. 그것은 슬프다 하니보다 끝없이 부끄러웠다. 같이 털어 주던 동무들이 뻔히 보고 섰는데 빈 지게로 덜렁거리며 집으로 돌아오는 건 진정 열없기 짝이 없는 노릇이었다. 참다 참다 응오는 눈에 눈물이 흘렀던 것이다.

가뜩한데[50] 엎치고 덮치더라고 올해는 고나마 흉작이었다. 샛바람과 비에 벼는 깨깨 배틀렸다.[51] 이놈을 가을하다간 먹을 게 남지 않음은 물론이요 빚도 다 못 가릴 모양. 에라, 빌어먹을 거. 너들끼리 캐다 먹든 마든 멋대로 하여라, 하고 내던져 두지 않을 수 없다. 벼를 걷었다고 말만 나면 빚쟁이들은 우 몰려들 거니깐ㅡ.

응칠이의 죄목은 여기에서도 또렷이 드러난다. 구구루[52] 가만 있었으면 좋은 걸 이 사품[53]에 뛰어들어 지주의 뺨을 제법 갈긴 것이 응칠이였다.

처음에야 그럴 작정이 아니었다. 그는 여러 곳 물을 마신 만치 어지간히 속이 트인 건달이었다. 지주를 만나 까놓고 썩 좋은 소리로 의논하였다. 올 농사는 반실[54]이니 도지도 좀 감해 주는 게 어떠냐고. 그러나 지주는 암말 없이 고개를 모로 흔들었다. 정 이러면 하여튼 일 년 품은 빼야 할 테니 나는 그 논에다 불을 지르겠수, 하여도 잠자코 응치 않는다. 지주로 보면 자기로도 그 벼는 넉넉히 거둬들일 수는 있다. 마는, 한번 버릇을 잘못 해놓으면 여느 작인까지 행실을 버릴까 염려하여 겉으로 독촉만 하고 있는 터였다. 실상이야 고까짓 벼쯤 있어도 고만 없어도 고만ㅡ 그 심보를 눈치채고 응칠이는 화를 벌컥 낸 것만은 좋으나, 저도 모르게 대뜸 주먹뺨이 들어갔던 것이다.

이렇게 문제 중에 있는 벼인데 귀신의 놀음 같은 변괴가 생겼다. 다시 말하면 벼가 없어졌다. 그것도 병들어 쓰러진 쭉정이는 젖혀 놓고 무얼로 그랬는지 말짱[55] 이삭만 따갔다. 그 면적으로 어림하면 아마 못 돼도 한 댓 말 가량은 될는지ㅡ.

응칠이가 아침 일찍이 그 논께로 노닐자 이걸 발견하고 기가 막혔다. 누굴 성가시게 하려고 그러는지. 산속에 파묻힌 논이라 아직은 본 사람이 없는 모양 같다. 허나 동리에 이 소문이 퍼지

기만 하면 저는 어느 모로 보든 혐의를 받아 폐는 좋이 입어야
될 것이다.

응칠이는 송이도 송이려니와 실상은 궁리에 바빴다. 속중으로
지목 갈 만한 놈을 여럿 들어보았으나 이렇다 짚을 만한 증거가
없다. 어쩌면 재성이나 성팔이 이 둘 중의 짓이리라, 하고 결국
이렇게 생각든 것도 응칠이가 아니면 안 될 것이다.

원수는 외나무다리에서 만났다.

응칠이는 저의 짐작이 들어맞음을 알고 당장에 일을 낼 듯이
성팔이의 눈을 드리[56] 노렸다.

성팔이는 신이 나서 떠들다가 그 눈총에 어이가 질리어 고만
벙벙하였다. 그리고 얼굴이 핼쑥하여 마주 대고 쳐다보더니,

"그래, 자네 왜 그케 노하나. 지내다 보니깐 그렇길래 일테면
자네보구 얘기지 뭐……."

하고 뒷갈망을 못하여 우물쭈물한다.

"노하긴 누가 노해ㅡ."

응칠이는 뻐팅겼던[57] 몸에 좀더 힘을 올리며,

"응고개를 어째 갔더냐 말이지?"

"놀러 갔다 오는 길인데 우연히……."

"놀러 갔다, 거기가 노는 덴가?"

"글쎄, 그렇게까지 물을 게 뭔가. 난 응고개 아니라 서울은 못
갈 사람인가."

하다가 성팔이는 속이 타는지 코로 흐웅, 하고 날숨을 길게 뽑
는다.

이렇게 나오는 데는 더 물을 필요가 없었다. 성팔이란 놈도 여간내기가 아니요 구장네 솥인가 뭔가 떼다 먹고 한 번 다녀온 놈이었다. 많이 사귀지는 못했으나 동리 평판이 그놈과 같이 다니다가는 엉뚱한 일 만난다 한다. 이번에 응칠이 저 역시 그 섭수[58]에 걸렸음을 알고,

"그야 응고개라고 못 갈 리 없을 테……."

하고 한번 엇먹다[59] 그러나 자네두 아다시피 거 어디야, 거기 바로 길이 있다든지, 사람 사는 동리라면 혹 모른다 하지마는 성한 사람이야 응고개엘 뭘 먹으러 가나, 그렇지 자네야 심심하니까, 하고 앞을 꽉 눌러 등을 떠본다. 여기에는 대답 없고 성팔이는 덤덤히 쳐다만 본다. 무엇을 생각했는가 한참 있더니 호주머니에서 단풍[60]갑을 꺼낸다. 우선 제가 한 개를 물고 또 하나를 뽑아 내대며,

"궐련 하나 피게."

매우 든직한 낯을 해보인다.

이놈이 이에 밝기가 몹시 밝은 성팔이다. 턱없이 궐련 하나라도 선심을 쓸 궐자[61]가 아니리라, 생각은 하였으나 그렇다고 예까지 부르대는[62] 건 도리어 저의 처지가 불리하다. 그것은 짜정[63] 그 손에 넘는 짓이니,

"아 웬 궐련은 이래."

하고 슬쩍 눙치며,

"성냥 있겠나?"

일부러 불까지 거대게[64] 하였다.

응칠이에게 액을 떠넘기어 이용하려는 고 야심을 생각하면 곧 달려들어 다리를 꺾어 놔야 옳을 것이다. 그러나 이 마당에 떠들어 대고 보면 저는 드러누워 침 뱉기. 결국 도적은 뒤로 잡지 앞에서 얼르는 법이 아니다. 동리에 소문이 퍼질 것만 두려워하며,

"여보게, 자네가 했건 내가 했건 간."

하고 과연 정다이 그 등을 툭 치고 나서,

"우리 둘만 알고 동리에 말을 내지 말게."

하다가 성팔이가 이 말에 되우 놀라며 눈을 말똥말똥 뜨니,

"그까짓 벼쯤 먹으면 어떤가!"

하고 껄껄 웃어 버린다.

성팔이는 한 굽 접히어 말문이 메었는지 얼뚤하여 입맛만 다신다.

"아예 말은 내지 말게, 응 알지."

하고 다시 다질 때에야 겨우 주저주저 입을 열어,

"내야 무슨 말을…… 그건 염려 말게."

하더니 비실비실 몸을 돌리어 저 갈 길을 내걷는다. 그러나 저 앞 고개까지 가는 동안에 두 번이나 돌아다보며 이쪽을 살피고 살피고 한 것만은 사실이었다.

응칠이는 그 꼴을 이윽히 바라보고 입 안으로 죽일 놈, 하였다. 아무리 도적이라도 같은 동료에게 제 죄를 넘겨씌우려 함은 도저히 의리가 아니다.

그건 그렇다 치고 응오가 더 딱하지 않은가. 기껏 힘들여 지어 놓았다 남 좋은 일 한 것을 안다면 눈이 뒤집힐 일이겠다.

이래서야 어디 이웃을 믿어 보겠는가-.

확적히[65] 증거만 있어 이놈을 잡으면 대번에 요절을 내리라 결심하고 응칠이는 침을 탁 뱉아 던지고 산을 내려온다.

그런데 그놈의 행태[66]로 가늠 보면 응칠이 저만치는 때가 못 벗은 도적이다. 어느 미친놈이 논두렁에까지 가새[67]를 들고 오는가. 격식도 모르는 푸뚱이[68]가. 그러려면 바로 조 낟가리나 수수 낟가리 말이지. 그 속에 들어앉아 가새로 속닥거려야 들릴 리도 없고 일도 편하고. 두 포대고 세 포대고 마음껏 딸 수도 있다. 그러다 틈 보고 집으로 나르면 고만이지만 누가 논의 벼를 다- 그렇게도 벼에 걸신이 들렸다면 바로 남의 집 머슴으로 들어가 한 달포 동안 주인 앞에 얼렁거리는[69] 것이어니와 신용을 얻어 났다가 주는 옷이나 얻어 입고 다들 잠들거든 벼 섬이나 두둑이 짊어 메고 덜렁거리면 그뿐이다. 이건 맥도 모르는 게 남도 못살게 굴려고. 에-이 망할 자식두. 그는 분노에 살이 다 부들부들 떨리는 듯싶었다. 그러나 이런 좀도적이란 뽕이 나기[70] 전에는 바짝 물고 덤비는 법이었다. 오늘 밤에는 요놈을 지켰다 꼭 붙들어 가지고 정강이를 분질러 놓으리라. 밥을 먹고는 태연히 막걸리 한 사발을 껄떡껄떡 들이키자

"커-. 가을이 되니깐 맛이 한결 낫군-."

그는 주먹으로 입가를 쓱쓱 훔친 다음 송이 꾸림[71]에서 세 개를 뽑는다. 그리고 그걸 갈퀴 같이 마른 주막 할머니 손에 내어 주며,

"옛수, 송이나 잡숫게유-."

하고 술값을 치렀으나,

"아이, 송이두 고놈 참."

간사[72]를 피우는 것이 좀 시쁜[73] 모양이다. 제 딴은 한 개에 삼 전씩 치더라도 구 전밖에 안 되니깐-.

웅칠이는 슬며시 화가 나서 그 얼굴을 유심히 들여다보았다. 움푹 들어간 볼때기에 저건 또 왜 저리 멋없이 불거졌는지 툭 나온 광대뼈하구 치마 아래로 남실거리는 발가락은 자칫 잘못 보면 황새 발목이니 이건 언제 잡아가려고 남겨 두는 거야- 보면 볼수록 하나 이쁜 데가 없다. 한두 번 먹은 것도 아니요 언젠가 울타리께 풀을 베어 주고 술 사발이나 얻어먹은 적도 있었다. 그렇게 야멸치게[74] 따질 건 뭔가. 그는 눈살을 흘낏 맞추고는 하나를 더 꺼내어,

"옛수, 또 하나 잡숫게유-."

내던져주곤 댓돌에 가래침을 탁 뱉았다.

그제야 식성이 좀 풀리는지 그 가죽[75]으로 웃으며,

"아이구 이거 자꾸 줌 어떻게-."

"어떡하긴 자꾸 살찌게유-."

하고 한마디 툭 쏘고 일어서다가 무엇을 생각함인지 다시 툇마루에 주저앉았다.

"그런데 참 요즘 성팔이 보셨수?"

"아-니, 당최 볼 수가 없더구면."

"술도 안 먹으러 와유?"

"안 와!"

하고는 입 속으로 뭐라고 종잘거리며[76] 의아한 낯을 들더니,

"왜, 또 뭐 일이……?"

"아니유, 본 지가 하 오래니깐-."

응칠이는 말끝을 얼버무리고 고개를 돌리어 한데[77]를 바라본다. 벌써 점심때가 되었는지 닭들이 요란히 울어댄다. 논둑의 미루나무는 부 하고 또 부, 하고 잎이 날리며 팔랑팔랑 하늘로 올라간다.

"성팔이가 이 말[78]에서 얼마나 살았지유?"

"글쎄- 재작년 가을이지 아마."

하고 장죽을 빡빡 빨더니,

"근대 또 떠난대던걸, 홍천인가 어디 즈 성님안터로 간대."

하고 그게 옳지 여기서 뭘 하느냐. 대장간이라고 일이나 많으면 모르거니와 밤낮 파리만 날리는걸. 그보다는 저의 형이 크게 농사를 짓는다니 그 뒤나 자들어 주고[79] 구구로 얻어먹는 게 신상에 편하겠지. 그래 불일간 처자식을 데리고 아마 떠나리라고 하고,

"농군은 그저 농사를 지야 돼."

"낼 술 먹으러 또 오지유-."

간단히 인사만 하고 응칠이는 다시 일어났다.

주막을 나서니 옷깃을 스치는 개운한 바람이다. 밭 둔덕의 대추는 척척 늘어진다. 머지않아 겨울은 또 오렷다. 그는 응오의 집을 바라보며 그간 죽었는지 궁금하였다.

응오는 봉당에 걸터앉았다. 그 앞 화로에는 약이 바글바글 끓

는다. 그는 정신없이 들여다보고 앉았다.

우중중한 방에서는 아내의 가쁜 숨소리가 들린다. 색, 색 하다가 아이구, 하고는 까무러지게 콜록거린다. 가래가 치밀어 몹시 괴로운 모양- 뽑아 줄 사이가 없이 풀들은 뜰에 엉겼다. 흙이 드러난 지붕에서 망초가 휘어청휘어청. 바람은 가끔 찾아와 싸리문을 흔든다. 그럴 적마다 문은 을씨년스럽게 삐-꺽 삐-꺽. 이웃의 발발이는 부엌에서 한창 바쁘게 달그락거린다. 마는, 아침에 아내에게 먹이고 남은 조죽밖에야. 아니 그것도 참 남편마저 긁었으니 사발에 붙은 찌꺽지[80]뿐이리라-.

"거, 다 졸았나 부다."

응칠이는 약이란 다 졸면 못쓰니 고만 짜 먹이라 하였다. 약이라야 어제 저녁 울 뒤에서 옭아들인 구렁이지만-.

그러나 응오는 듣고도 흘렸는지 혹은 못 들었는지 잠자코 고개도 안 든다.

"엣다, 송이 맛이나 봐라."

하고 형이 손을 내밀 제야 겨우 시선을 들었으나 술이 거나한 그 얼굴을 거북상스레 훑어본다. 그리고 송이를 고맙지 않게 받아 방에 치뜨리고는,

"이거나 먹어."

하다가,

"뭐?"

소리를 크게 질렀다. 그래도 잘 들리지 않으므로,

"뭐야 뭐야, 좀 똑똑히 하라니깐?"

하고 골피를 찌푸린다.

그러나 아내는 손짓만으로 무슨 소린지 알 수가 없다. 음성으로 치느니보다 조히[81] 비비는 소리랄지, 그걸 듣기에는 지척도 멀었다.

가만히 보다 응칠이는 제가 다 불안하여,

"뒤보겠다는 게 아니냐?"

"그럼 그렇다 말이 있어야지."

남편은 이내 짜증을 내며 몸을 일으킨다. 병약한 아내의 음성이 날로 변하여 감을 시방 안 것도 아니련만– 그는 방바닥에 늘어져 꼬치꼬치 마른 반송장을 조심히 일으켜 등에 업었다.

울 밖 밭머리에 잿간은 놓였다. 머리가 눌릴 만치 납작한 갑갑한 굴속이다. 게다 거미줄은 예제없이[82] 엉키었다. 부추돌[83] 위에 내려놓으니 아내는 벽을 의지하여 옹크리고 앉는다. 그리고 남편은 눈을 멀뚱멀뚱 뜨고 지키고 섰는 것이다.

이 꼴들을 멀거니 바라보다 응칠이는 마뜩지 않게 코를 횅, 풀며 입맛을 다셨다. 응오의 짓이 어리석고 울화가 터져서이다. 요즘 응오가 형에게 잘 말도 않고 왜 어뜩비뜩[84]하는지 그 속은 응칠이도 모르는 배 아닐 것이다.

응오가 이 아내를 찾아올 때 꼭 삼 년간을 머슴을 살았다. 그처럼 먹고 싶던 술 한 잔 못 먹었고, 그처럼 침을 삼키던 그 개고기 한 메[85] 물론 못 샀다. 그리고 사경을 받는 대로 꼭꼭 장리를 놓았으니 후일 선채로 썼던 것이다. 이렇게까지 근사[86]를 모아 얻은 계집이련만 단 두 해가 못 가서 이 꼴이 되고 말았다.

그러나 이 병이 무슨 병인지 도시 모른다. 의원에게 한 번이라도 변변히 보여본 적이 없다. 혹 안다는 사람의 말인즉 뇌점[87]이니 어렵다 하였다. 돈만 있으면이야 뇌점이고 염병[88]이고 알 바가 못 될 거로되 사날 전 거리로 쫓아 나오며,

"성님!"

하고 팔을 챌 적에는 응오도 어지간히 급한 모양이었다.

"왜?"

응칠이가 몸을 돌리니 허둥지둥 그 말이, 인제는 별도리가 없다. 있다면 꼭 한 가지가 남았으니 그것은 엊그저께 산신을 부리는 노인이 이 마을에 오지 않았는가. 그 도인이 응오를 특히 동정하여 십오 원만 들여 산치성을 올리면 씻은 듯이 낫게 해주리라는데.

"성님은 언제나 돈 만들 수 있지유?"

"거, 안 된다. 치성 들여 날 병이 그냥 안 낫겠니."

하여 여전히 딱 떼고 그러게 내 뭐라던 애전에 계집 다 내버리고 날 따라나서랬지, 하고,

"그래 농군의 살림이란 제 목 매기라지!"

그러나 아우가 암말 없이 몸을 휙 돌려 집으로 들어갈 제 응칠이는 속으로 또 괜한 소리를 했구나, 하였다.

응오는 도로 아내를 업어다 방에 뉘었다. 약은 다 졸았다. 물이 식기 전 짜야 할 것이다. 식기를 기다려 약사발을 입에 대어주니 아내는 군말 없이 그 구렁이 물을 껄덕껄덕 들이마신다.

응칠이는 마당에 우두커니 앉았다. 사람의 목숨이란 과연 중

하군, 하였다. 그러나 계집이라는 저 물건이 그렇게 떼기 어렵도록 중할까, 하니 암만해도 알 수 없고.

"너 참 요 건너 성팔이 알지?"

"……."

"너하고 친하냐?"

"……."

"성이 뭐래는데 거 대답 좀 하렴."

하고 소리를 빽 질러도 아우는 대답은 말고 고개도 안 든다.

그러나 응칠이는 하늘을 쳐다보고 트림만 끄윽, 하고 말았다. 술기가 코를 콱콱 찔러야 할 터인데 이건 풋김치 냄새만 코밑에서 뱅뱅 돈다. 공짜 김치만 퍼먹을 게 아니라 한잔 더 했다면 좋았을걸. 그는 일어서서 대[89]를 허리에 꽂고 궁둥이의 흙을 털었다. 벼 도적맞은 이야기를 할까, 하다가 아서라 가뜩이나 울상이 속이 쓰릴 것이다. 그보다는 이놈을 잡아 놓고 나중 희짜를 뽑는 것이 점잖겠지―.

그는 문 밖으로 나와 버렸다.

답답한 아우의 살림을 보니 역시 답답하던 제 살림이 연상되고 가슴이 두목답답하였다.[90]

이런 때에는 무가 십상[91]이다. 사실 하느님이 무를 마련해 낸 것은 참으로 은혜로운 일이다. 맥맥할[92] 때 한 개를 씹고 보면 꿀꺽 하고, 쿡 치는 그 멋이 좋고, 남의 무밭에 들어가 하나를 쏙 뽑으니 가랑무.[93] 이키, 이거 오늘 운수 대통이로군. 내던지고 그 담 놈을 뽑아 들고 개울로 내려온다. 물에 쓱쓰윽 닦아서는 꽁지는 이로 베어 던지고 어썩 깨물어 붙인다.

개울 둔덕에 포푸리는 호젓하게도 매출[94]이 컸다. 자갈돌은 고 밑에 옹기종기 모였다. 가생이[95]로 잔디가 소보록하다. 응칠이는 나가자빠져 마을을 건너다보며 눈을 멀뚱멀뚱 굴리고 누웠다. 산에 뺑뺑 둘리어 숨이 콕 막힐 듯한 그 마을-.

아리랑 아리랑 아라리요
아리랑 띄여라 노다 가세
증기차는 가자고 윈 고동 트는데
정든 님 품 안고 낙누낙누
아리랑 아리랑 아라리요
아리랑 띄여라 노다 가세
넬 갈지 모레 갈지 내 모르는데
옥씨기 강난이는 심어 뭐 하리
아리랑 아리랑 아라리요
아리랑 띄여라…….

그는 콧노래로 이렇게 흥얼거리다 갑작스레 강릉이 그리웠다. 펄펄 뛰는 생선이 좋고, 아침 햇발에 비끼어 힘차게 출렁거리는 그 물결이 좋고. 이까짓 둠[96] 구석에서 쪼들리는 데 대다니. 그래도 저의 딴은 무어 농사 좀 지었답시고 악을 복복 쓰며 잘두 떠들어 댄다. 하지만 그런 중에도 어디인가 형언치 못할 쓸쓸함이 떠돌지 않는 것도 아니다. 삼십여 년 전 술을 빚어 놓고 쇠[97]를

울리고 흥에 질리어 어깨춤을 덩실거리고 이러던 가을과는 저
딴쪽이다. 가을이 오면 기쁨에 넘쳐야 될 시골이 점점 살기만 띠
어 옴은 웬일일꼬. 이렇게 보면 재작년 가을 어느 밤 산중에서
낫으로 사람을 찍어 죽인 강도가 문득 머리에 떠오른다. 장을 보
고 오는 농군을 농군이 죽였다. 그것도 많이나 되었으면 모르되
빼앗은 것이 한꿋[98] 동전 네 닢에 수수 일곱 되. 게다 흔적이 탄
로날까 하여 낫으로 그 얼굴의 껍질을 벗기고 조깃대강이 이기
듯 끔찍하게 남기고 조긴[99] 망나니다. 흉악한 자식. 그 잘량한 돈
사전에, 나 같으면 가여워 덧돈을 주고라도 왔으리라. 이번 놈은
그 따위 각다귀[100]나 아닐는지 할 때 찬 김과 아울러 치미는 소름
에 머리끝이 다 쭈볏하였다. 그간 아우의 농사를 대신 돌봐 주기
에 이럭저럭 날이 늦었다. 오늘 밤에는 이놈을 다리를 꺾어 놓고
내일쯤은 봐서 설렁설렁 뜨는 것이 옳은 일이겠다. 이 산을 넘을
까 저 산을 넘을까 주저거리며 속으로 점을 치다가 슬그머니 코
를 골아 올린다.

　밤이 내리니 만물은 고요히 잠이 든다. 검푸른 하늘에 산봉우
리는 울퉁불퉁 물결을 치고 흐릿한 눈으로 별은 떴다. 그러다 구
름떼가 몰려 닥치면 캄캄한 절벽이 된다. 또한 마을 한복판에는
거친 바람이 오락가락 쓸쓸히 궁글고[101] 이따금 코를 찌름은 후
련한 산사[102] 냄새. 북쪽 산밑 미루나무에 싸여 주막이 있는데 유
달리 불이 반짝인다. 노세, 노세, 젊어서 놀아. 노랫소리는 나직
나직 한산히 흘러온다. 아마 벼를 뒷심[103] 대고 외상이리라.

　웅칠이는 잠자코 벌떡 일어나 바깥으로 나섰다. 그리고 다 나

와서야 그 집 친구에게 눈치를 안 채이도록,

"내 잠깐 다녀옴세ㅡ."

"어딜 가나?"

친구는 웬 영문을 몰라서 뻔히 쳐다보다 밤이 이렇게 늦었으니 나갈 생각 말고 어여 이리 들어와 자라 하였다. 기껏 둘이 앉아서 개코쥐코 떠들다가 갑자기 일어서니깐 꽤 이상한 모양이었다.

"건너 말 가 담배 한 봉 사올라구."

"담배 여있는데 또 사 뭐 하나?"

친구는 호주머니에서 굳이 희연[104] 봉을 꺼내어 손에 들어 보이더니,

"이리 들어와 섬이나 좀 쳐주게."

"아 참, 깜빡……."

하고 응칠이는 미안스러운 낯으로 뒤통수를 긁죽긁죽한다. 하기는 섬을 좀 쳐달라고 며칠째 당부하는 걸 노름에 몸이 팔려 고만 잊고 잊고 했던 것이다. 먹고 자고 이렇게 신세를 지면서 이건 썩 안됐다, 생각은 했지마는,

"내 곧 다녀올걸 뭐……."

어정쩡하게 한마디 남기곤 그 집을 뒤에 남긴다. 그러나 이 친구는,

"그럼, 곧 다녀오게ㅡ."

하고 때를 재치는[105] 법은 없었다. 언제나 여일같이,

"그럼 잘 다녀오게ㅡ."

이렇게 그 신상만 편하기를 비는 것이다.

웅칠이는 모든 사람이 저에게 그 어떤 경의를 갖고 대하는 것을 가끔 느끼고 어깨가 으쓱거린다. 백판 모르는 사람도 데리고 앉아서 몇 번 말만 좀 하면 대번 구부러진다. 그렇게 장한 것인지 그 일을 하다가, 그 일이라야 도적질이지만, 들어가 욕보던 이야기를 하면 그들은 눈을 커다랗게 뜨고,

"아이구, 그걸 어떻게 당하셨수!"

하고 적이 놀라면서도,

"그래 그 돈은 어떻게 했수?"

"또 그럴 생각이 납디까유?"

"참, 우리 같은 농군에 대면 호강살이유!"

하고들 한편 썩 부러운 모양이었다. 저들도 그와 같이 진탕 먹고 살고는 싶으나 주변 없어 못 하는 그 울분에서 그런 이야기만 들어도 다소 위안이 되는 것이다. 웅칠이는 이걸 잘 알고 그 누구를 논에다 거꾸로 박아 놓고 달아나다가 붙들려 경치던 이야기를 부지런히 하며,

"자네들은 안적¹⁰⁶⁾ 멀었네 멀었어–."

하고 흰소리¹⁰⁷⁾를 치면 그들은, 옳다는 뜻이겠지, 묵묵히 고개만 꺼덕꺼덕하며 속없이 술을 사주고 담배를 사주고 하는 것이다.

그런데 이번 벼를 훔쳐 간 놈은 웅칠이를 마구 넘보는 모양 같다.

이렇게 생각하면 웅칠이는 더욱 괘씸하였다. 그는 물푸레 몽

둥이를 벗삼아 논둑길을 질러서 산으로 올라간다.

이슥한 그믐은 칠야-.

길은 어둡고 흐릿한 언저리만 눈앞에 아물거린다.

그 논까지 칠 마장은 느긋하리라. 이 마을을 벗어나는 어귀에 고개 하나를 넘는다. 또 하나를 넘는다. 그러면 그 담 고개와 고개 사이에 수목이 울창한 산중턱을 비겨대고[108] 몇 마지기의 논이 놓였다. 응오의 논은 그 중의 하나였다. 길에서 썩 들어앉은 곳이라 잘 뵈도 않는다. 동리에 그런 소문이 안 났을 때에는 천행으로 본 놈이 없을 것이나 반드시 성팔이의 성행[109]임에는…….

응칠이는 공동묘지의 첫 고개를 넘었다. 그리고 다음 고개의 마루턱을 올라섰을 때 다리가 주춤하였다. 저 왼편 높은 산고랑에서 불이 반짝 하다 꺼진다. 짐승불로는 너무 흐리고- 아-하, 이놈들이 또 왔군. 그는 가던 길을 옆으로 새었다. 더듬더듬 나뭇가지를 짚으며 큰 산으로 올라탄다. 바위는 미끌려 내리며 발등을 찧는다. 딸기 가시에 종아리는 따갑고 엉금엉금 기어서 바위를 끼고 감돈다.

산, 거반 꼭대기에 바위와 바위가 어깨를 맞대고 움쑥 들어간 굴이 있다. 풀들은 뻗치어 굴문을 막는다.

그 속에 돌아앉아서 다섯 놈이 머리들을 맞대고 수군거린다. 불빛이 샐까 염려다. 남폿불을 앞이 달아 놓고 몸들을 바싹바싹 여미어 가린다.

"어서 후딱후딱 쳐, 갑갑해서 온-."

"이번엔 누가 빠지나?"

"이 사람이지 멀 그래."

"다시 섞어, 어서 이 따위 수작이야."

하고 한 놈이 골을 내고 화투를 빼앗아서 제 손으로 섞다가 깜짝 놀란다. 그리고 버썩 대드는 응칠이를 벙벙히 쳐다보며 얼뚤한다.[110]

그들은 응칠이가 오는 것을 완고척히[111] 싫어하는 눈치였다. 이런 애송이 노름판인데 응칠이를 들였다가는 맥을 못 쓸 것이다. 속으로는 되우 꺼렸지마는 그렇다고 응칠이의 비위를 건드림은 더욱 좋지 못하므로—

"아, 응칠인가, 어서 들어오게."

하고 선웃음을 치는 놈에,

"난 올 듯하기에, 자넬 기다렸지."

하며 어수대는[112] 놈,

"하여튼 한 케[113] 떠보세."

이놈들은 손을 잡아들이며 썩들 환영이었다.

응칠이는 그 속으로 들어서며 무서운 눈으로 좌중을 한번 훑어보았다.

그런데 재성이도 그 틈에 끼어 있는 것이 아닌가. 사날 전만해도 응칠이더러 먹을 양식이 없으니 돈 좀 취하라던 놈이. 의심이 부썩 일었다. 도적이란 흔히 이런 노름판에서 씨가 퍼진다. 고 옆으로 기호도 앉았다. 이놈은 며칠 전 제 계집을 팔았다. 그 돈으로 영동 가서 장사를 하겠다던 놈이 노름을 왔다. 제깐 주제에 딸 듯싶은가. 하나는 용구. 농사엔 힘 안 쓰고 노름에 몸이 달았다. 시키는 부역도 안 나온다고 동리에서 손두[114]를 맞은 놈이다. 그리고 남의 집 머슴 녀석. 뽐을 내고 멋없이 점잔을 피우는 중늙은이 상투쟁이, 이 물건은 어서 날아왔는지 보도 못하던 놈이다. 체 이것들이 뭘 한다고-.

응칠이는 기호의 등을 꾹 찍어 가지고 밖으로 나왔다.

외딴 곳으로 데리고 와서,

"자네 돈 좀 없겠나?"

하고 돌아서다가,

"웬걸 돈이 어디……."

눈치만 남고 어름어름하니,

"아내와 갈렸다지, 그 돈 다 뭐 했나?"

"아 이 사람아, 빚 갚았지-."

기호는 눈을 내려깔며 매우 거북한 모양이다.

오른편 엄지로 한 코를 밀고 흥 하고 내풀더니 이번 빚에 졸리어 죽을 뻔했네 하고 묻지 않은 발뺌까지 얹어서 설대[115]로 등어리를 긁죽긁죽한다.

그러나 응칠이는 속으로 이놈, 하였다.

응칠이는 실눈을 뜨고 기호를 유심히 쏘아 주었더니,

"꼭 사 원 남았네."

하고 선뜻 알리고,

"빚 갚고 뭣하고 흐지부지 녹았어-."

어색하게도 혼잣말로 우물쭈물 웃어 버린다.

응칠이는 퉁명스러이,

"나 이 원만 쵀게."[116]

하고 손을 내대다 그래도 잘 듣지 않으매,

"따서 둘이 나눌 테야, 누가 떼먹나-."

하고 소리가 한번 빽 안 나올 수 없다.

이 말에야 기호도 비로소 안심한 듯, 저고리 섶을 쳐들고 흠칫 거리다 주뼛주뼛 꺼내 놓는다. 딴은 응칠이의 솜씨이면 낙자는 없을 것이다. 설혹 재간이 모자라 잃는다면 우격[117]이라도 도로 몰아갈 게니깐-.

"나두 한 케 떠보세."

응칠이는 우좌스레[118] 굴로 기어든다. 그 콧등에는 자신 있는 그리고 흡족한 미소가 떠오른다. 사실이지 노름만치 그를 행복 하게 하는 건 다시 없었다. 슬프다가도 화투나 투전장을 손에 들 면 공연스레 어깨가 으쓱거리고 아무리 일이 바빠도 노름판은 옆에 못 두고 지난다. 그는 이놈 저놈의 눈치를 스을쩍 한번 훑 고,

"두 패루 너느지?"[119]

응칠이는 재성이와 용구를 데리고 한옆으로 비켜 앉았다. 그 리고 신바람이 나서 화투를 섞다가 손을 따악 짚으며,

"튀전[120]이래지 이깐 화투는 하튼 뭘 할 텐가, 녹빼긴[121]가 켤 텐가?"

"약단이나 그저 보지-."

사방은 매섭게 조용하였다. 바위 위에서 혹 바람에 모래 구르

는 소리뿐이다. 어쩌다,

"엣다 봐라."

하고 화투짝이 쩔꺽, 한다. 그러곤 다시 쥐 죽은 듯 잠잠하다.

그들은 이욕에 몸이 달아서 이야기고 뭐고 할 여지가 없다. 행여 속지나 않는가, 하얀 눈들이 빨개서 서로 독을 올린다. 어떤 놈이 뜯는 놈이고 어떤 놈이 뜯기는 놈인지 영문 모른다.

응칠이가 한 장을 내던지고 명월 공산을 보기 좋게 떡 젖혀 놓으니,

"이거 왜 수짜질[122]이야."

용구는 골을 벌컥 내며 쳐다본다.

"뭐가?"

"뭐라니, 아, 이 공산 자네 밑에서 빼내지 않았나?"

"봤으면 고만이지 그렇게 노할 건 또 뭔가ㅡ."

응칠이는 어설피 입맛을 쩍쩍 다시다,

"그럼 이번엔 파토지?"

하고 손의 화투를 땅에 내던지며 껄껄 웃어 버린다.

이때 한옆에서 별안간,

"이 자식, 죽인다ㅡ."

악을 쓰는 것이니 모두들 놀라며 시선을 몬다. 머슴이 마주 앉은 상투의 뺨을 갈겼다. 말인즉 매주 다섯 끗을 엎어쳤다, 고ㅡ.

허나 정말은 돈을 잃은 것이 분한 것이다. 이 돈이 무슨 돈이냐 하면 일 년 품을 판 피 묻은 사경[123]이다. 이런 돈을 송두리[124] 먹다니ㅡ.

"이 자식, 너는 야마시꾼[125]이지. 돈 내라."

멱살을 훔켜잡고 다시 두 번을 때린다.

"허, 이눔이 왜 이래누, 어른을 몰라보구."

상투는 책상다리를 잡숫고 허리를 쓰윽 펴더니 점잖이 호령한다. 자식 뻘 되는 놈에게 뺨을 맞는 건 말이 좀 덜 된다. 약이 올라서 곧 일을 칠 듯이 엉덩이를 번쩍 들었으나 그러나 그대로 주저앉고 말았다. 악에 바짝 받친 놈을 건드렸다가는 결국 이쪽이 손해다. 더럽단 듯이 허허, 웃고,

"버릇없는 놈 다 봤고!"

하고 꾸짖은 것은 잘됐으나 기어이 어이쿠, 하고 그 자리에 푹 엎어진다. 이마가 터져서 피는 흘렀다. 어느 틈엔가 돌멩이가 날아와 이마의 가죽을 터친 것이다.

응칠이는 싱글거리며 굴을 나섰다. 공연스레 쑥스럽게 일이나 벌어지면 성가신 노릇이다. 그리고 돈 백이나 될 줄 알았더니 다 봐야 한 사십 원 될까 말까. 그걸 바라고 어느 놈이 앉았는가ㅡ.

그가 딴 것은 본밑[126]을 알라[127] 구 원 하고 팔십 전이다. 기호에게 오 원을 내주고,

"자, 반이 넘네. 자네 계집 잃고 돈 잃고 호강이겠네."

농담으로 비웃어 던지고는 숲으로 설렁설렁 내려온다.

"여보게, 자네에게 청이 있네."

재성이 목이 말라서 바득바득 따라온다. 그 청이란 묻지 않아도 알 수 있었다. 저에게 돈을 다 빼앗기곤 구문[128]이겠지. 시치미를 딱 떼고 나 갈 길만 걷는다.

“여보게 응칠이, 아, 내 말 좀 들어.”

그제는 팔을 잡아낚으며 살려 달라 한다. 돈을 좀 늘일까. 하고 벼 열 말을 팔아 해보았다더니 다 잃었다고. 당장 먹을 게 없어 죽을 지경이니 노름 밑천이나 하게 몇 푼 달라는 것이다. 그러나 벼를 털었으면 거저먹을 게지 어쭙지 않게 노름은…….

“그런 걸 왜 너보고 하랬어?”

하고 돌아서며 소리를 뻑 지르다가 가만히 보니 눈에 눈물이 글썽하다. 잠자코 돈 이 원을 꺼내 주었다.

응칠이는 돌에 앉아서 팔짱을 끼고 덜덜 떨고 있다.

사방은 뺑- 돌리어 나무에 둘러싸였다. 거무투툭한 그 형상이 헐없이[129] 무슨 도깨비 같다. 바람이 불 적마다 쏴- 하고 쏴- 하고 음충맞게[130] 건들거린다. 어느 때에는 쩩, 쩩 하고 목을 따는지 비명도 울린다.

그는 가끔 뒤를 돌아보았다. 별일은 없을 줄 아나 호옥[131] 뭐가 덤벼들지도 모른다. 서낭당은 바로 등 뒤다. 족제빈지 뭔지, 요동 통에[132] 돌이 무너지며 바시락, 바시락, 한다. 그 소리가 묘-하게도 등줄기를 쪼옥 긋는다. 어두운 꿈속이다. 하늘에서 이슬은 나리어 옷깃을 축인다. 공포도 공포려니와 냉기로 하여 좀체로 견딜 수가 없었다.

산골은 산신까지도 주렸으렷다. 아들 나달라구 떡 갖다 바칠 이 없을 테니까. 이놈의 영감님 홧김에 덥석 달려들면. 앞뒤를 다시 한 번 휘돌아본 다음 설대를 뽑는다. 그리고 오금팽이[133]로 불을 가리고는 한 대 뻑뻑 피워 물었다. 논은 여남은 칸 떨어져

고 아래 누웠다. 일심 정기를 다하여 나무 틈으로 뚫어보고 앉았다. 그러나 땅에 대를 털려니깐 풀숲이 이상스러이 흔들린다. 뱀, 뱀이 아닌가. 구시월 뱀이라니 물리면 고만이다. 자리를 옮겨 앉으며 손으로 입을 막고 하품을 터친다.

아마 두어 시간은 더 넘었으리라. 이놈이 필연코 올 텐데 안 오니 또 무슨 조활까. 이 짓이란 소문이 나기 전에 한 번 더 와 보는 것이 원칙이다. 잠을 못 자서 눈이 뻑뻑한 것이 제물에 슬금슬금 감긴다. 이를 악물고 눈을 딥쓰면[134] 이번에는 허리가 노글거린다.[135] 속은 쓰리고 골치는 때리고. 불꽃 같은 노기가 불끈 일어서 몸을 옥죄인다. 이놈의 다리를 못 꺾어 놔도 애비 없는 홀의 자식[136]이겠다.

닭들이 세 홰를 운다. 멀-리 산을 넘어오는 그 음향이 퍽은 서글프다. 큰 비를 몰아드는지 검은 구름이 잔뜩 끼인다. 하긴 지금도 빗방울이 뚝, 뚝, 떨어진다.

그때 논둑에서 희끄무레한 헤까비[137] 같은 것이 얼씬거린다. 정신을 바짝 차렸다. 영락없이 성팔이, 재성이 그들 중의 한 놈이리라. 이 고생을 시키는 그놈! 이가 북북 갈리고 어깨가 다 식식거린다. 몽둥이를 잔뜩 우려쥐었다. 그리고 벌떡 일어나서 나무줄기를 끼고 조심조심 돌아내린다. 허나 도랑쯤 내려오다가 그는 멈씰하여[138] 몸을 뒤로 물렸다. 늑대 두 놈이 짝을 짓고 이편 산에서 저편 산으로 설렁설렁 건너가는 길이었다. 빌어먹을 늑대, 이것까지 말썽이람. 이마의 식은땀을 씻으며 도로 제자리로 돌아온다. 어쩌면 이번 이놈도 재작년 강도 짝이나 안 될는지. 급시로 불길한 예감이 뒤통수를 탁 치고 지나간다.

그는 옷깃을 여미어 한 대를 더 붙였다. 돌연히 풍세[139]는 심하여진다. 산골짜기로 몰아드는 억센 놈이 가끔 발광이다. 다시금 더르르 몸을 떨었다. 가을은 왜 이 지경인지 여기에서 밤 새울 생각을 하니 기가 찼다.

얼마나 되었는지 몸을 좀 녹이고자 일어나 서성서성할 때이었다. 논으로 다가오는 희미한 그림자를 분명히 두 눈으로 보았다. 그러고 보니 피로고, 한고[140]이고 다 딴소리다. 고개를 내대고 딱 버티고 서서 눈에 쌍심지를 올린다.

흰 그림자는 어느 틈엔가 어둠 속에 사라져 보이지 않는다. 그리고 다시 나올 줄을 모른다. 바람 소리만 왱, 왱, 칠 뿐이다. 다시 암흑 속이 된다. 확실히 벼를 훔치러 논 속으로 들어갔을 것이다. 역갱이[141] 같은 놈이 궂은 날씨를 기화 삼아 맘껏 하겠지. 의리 없는 썩은 자식, 격장[142]에서 같이 굶는 터에-오냐 대거리[143]만 있거라. 이를 한번 부욱 갈아붙이고 차츰차츰 논께로 내려온다.

응칠이는 논께로 바특이[144] 내려서서 소나무에 몸을 착 붙였다. 섣불리 서둘다간 낭패의 횡액을 입을지도 모른다. 다 훔쳐 가지고 나올 때만 기다린다.

몽둥이는 잔뜩 힘을 올린다.

한 식경[145]쯤 지났을까, 도적은 다시 나타난다. 논둑에 머리만 내놓고 사면을 두리번거리더니 그제서 기어 나온다. 얼굴에는 눈만 내놓고 수건인지 뭔지 헝겊이 가렸다. 봇짐을 등에 짊어메

고는 허리를 구붓이 뺑손[146]을 놓는다. 그러나 응칠이가 날째게 달려 들며,

"이 자식, 남의 벼를 훔쳐 가니-."

하고 대포처럼 고함을 지르니 논둑으로 고대로 데굴데굴 굴러서 떨어진다. 얼결에 호되게 놀란 모양이다.

응칠이는 덤벼들어 우선 허리께를 내려 조졌다. 어이쿠쿠, 쿠-하고 처참한 비명이다. 이 소리에 귀가 뻔쩍 띄어 그 고개를 들고 필[147]부터 벗겨 보았다. 그러나 너무나 어이가 없었음인지 시선을 치걷으며 그 자리에 우두망찰한다.[148]

그것은 무서운 침묵이었다. 살뚱맞은[149] 바람만 공중에서 북새를 논다.[150]

한참을 신음하다 도적은 일어나더니,

"성님까지 이렇게 못살게 굴기유?"

제법 눈을 부라리며 몸을 홱 돌린다. 그리고 느끼며 울음이 복받친다. 봇짐도 내버린 채,

"내 것 내가 먹는데 누가 뭐래?"

하고 되퉁스러이[151] 내뱉고는 비틀비틀 논 저쪽으로 없어진다.

형은 너무 꿈속 같아서 멍하니 섰을 뿐이다. 그러나 얼마 지나서 한 손으로 그 봇짐을 들어 본다. 가뿐하니 끽 말가웃이나 될는지. 이까짓 걸 요렇게까지 해가려는 그 심정은 실로 알 수 없다. 벼를 논에다 도로 털어 버렸다. 그리고 아내의 치마이겠지, 검은 보자기를 척척 개서 들었다. 내 걸 내가 먹는다- 그야 이를 말이랴. 허나 내 걸 내가 훔쳐야 할 그 운명도 얄궂거니와 형을

배반하고 이 짓을 벌인 아우도 아우이렷다. 에—이 고연 놈, 할 제 볼을 적시는 것은 눈물이다. 그는 주먹으로 눈물을 쓱 비비고 머리에 번쩍 떠오르는 것이 있으니 두레두레한[152] 황소의 눈깔. 시오 리를 남쪽 산으로 들어가면 어느 집 바깥 뜰에 밤마다 늘 매여 있는 투실투실한 그 황소. 아무렇게 따지든 칠십 원은 갈 데 없으리라. 그는 부리나케 아우의 뒤를 밟았다.

공동묘지까지 거반 왔을 때에야 가까스로 만났다. 아우의 등을 탁 치며,

"얘, 좋은 수 있다. 네 원대로 돈을 해줄게 나하구 잠깐 다녀오자."

씩씩한 어조로 기쁘도록 달랬다. 그러나 아우는 입 하나 열려 하지 않고 그대로 실쭉하였다. 뿐만 아니라 어깨 위에 올려놓은 형의 손을 부질없단 듯이 몸으로 털어 버린다. 그리고 삐익 달아난다. 이걸 보니 하 엄청나고 기가 콱 막히었다.

"이눔아!"

하고 악에 받치어,

"명색이 성이라며?"

대뜸 몽둥이는 들어가 그 볼기짝을 후려갈겼다. 아우는 모로 몸을 꺾더니 시나브로[153] 찌그러진다. 대미처[154] 앞정강이를 때렸다. 등을 팼다. 일지 못할 만치[155] 매는 내렸다. 체면을 불구하고 땅에 엎드리어 엉엉 울도록 매는 내렸다.

홧김에 하긴 했으되 그 꼴을 보니 또한 마음이 편할 수 없다. 침을 퉤, 뱉어 던지곤 팔자 드센 놈이 그저 그러지 별수 있나, 쓰

러진 아우를 일으켜 등에 업고 일어섰다. 언제나 철이 나는지 딱한 일이었다. 속 썩는 한숨을 후– 하고 내뿜는다. 그리고 어청어청[156] 고개를 묵묵히 내려온다.

봄봄

1) **성례** 혼인의 예식을 치름.
2) **짜증** 과연 정말로. '짜장'의 방언.
3) **안죽** '아직'의 방언.
4) **벙벙하다** 정신이 얼떨떨하여 얼빠진 사람처럼 멍하다.
5) **붙배기** '붙박이'의 북한어.
6) **숙맥** 사리 분별을 못하고 세상 물정을 잘 모르는 사람. 숙맥불변(콩인지
    보리인지를 구별하지 못한다는 뜻)에서 나온 말이다.
7) **내외를 하다** 외간 남녀 사이에 서로 얼굴을 마주 대하지 않고 피하다.
8) **거불지다** 둥글고 두두룩하게 툭 비어져 나오다.
9) **숲** '숱'의 방언. 머리털 등의 부피나 분량.
10) **호박개** 뼈대가 굵고 털이 북슬북슬한 개. 주로 중국에 많이 있음.
11) **안달재신** 몹시 속을 태우며 여기저기로 다니는 사람.
12) **갈** 참나무, 도토리나무 등의 잎이 핀 가지.
13) **건승** '건성'의 방언. 성의 없이 대충 겉으로만 하는 모습.
14) **메꽂다** '메어꽂다'의 준말. 어깨 너머로 둘러메어 아래로 힘껏 던지다.
15) **사경** 새경. 머슴이 한 해 동안 일한 대가로 주인에게 받는 돈이나 물건.
16) **어름어름** 말이나 행동이 똑똑하지 못하고 우물쭈물하는 모양.
17) **툽툽하다** 생김새가 멋이 없고 투박하다.
18) **감참외** 참외의 하나. 속이 잘 익은 감빛과 같고 맛이 좋은 참외.
19) **맥** 내막이나 까닭을 알지 못함.
20) **웃쇰** 입술 위쪽에 난 수염.
21) **츰에** 처음에.
22) **빙장** 다른 사람의 장인(丈人)을 높여 부르는 말.
23) **빙모** 다른 사람의 장모를 높여 부르는 말.
24) **쟁그럽다** 하는 행동이 괴상하여 얄밉다.
25) **귀정** 그릇되었던 일이 바르게 돌아옴. 여기서는 결과, 판결. 사필귀정.
26) **삼포말** 삼포마을.
27) **작인** 소작인.
28) **논지면** 말하자면.
29) **찌다우** 떼를 쓰거나 책임을 다른 사람에게 전가하는 일.
30) **훅닥이다** 세차게 다그치고 들볶다.
31) **연팡** 연방. 잇따라 자꾸.

32) **건으로** 실속이 없이 건성으로.
33) **전수히** 모두 다. 전부.
34) **관격** 한방에서 음식이 급히 체한 증상을 말함. 급체.
35) **일후** 뒷날. 나중.
36) **넝알** 넝 아래. 둔덕 아래.
37) **솔개미** '솔개'의 방언.
38) **악장** 악을 쓰며 싸우는 상황.
39) **고수하다** 고소하다.

소낙비

1) **자실 듯이** 잡수실 듯이.
2) **살매 들리다** 사람의 의지와 관계없이 산 귀신이 몸에 들다. 산매 들다.
3) **맷맷하다** 생김새가 매끈하고 곧다.
4) **묵삭다** 오래되어 썩은 것처럼 되다.
5) **봉당** 재래식 한옥에서 안방과 건넌방 사이에 마루를 놓지 아니하고 흙
   바닥인 채 그대로 둔 곳.
6) **사날 밤** 사나흘 밤.
7) **고리삭다** 젊은이다운 활발한 기운이 없고 하는 짓이 늙은이 같다.
8) **잘량하다** 알량하다의 강원도 방언. 시시하고 보잘것없다.
9) **홉뜨다** 눈을 위로 굴리고 눈시울을 위로 치뜨다.
10) **모지락스럽다** 보기에 억세고 모질다.
11) **잽처** 재차.
12) **고까라지다** 고꾸라지다.
13) **모즈름** 모질음.
14) **거반** 거의 절반. '거지반'의 준말.
15) **황그리다** 큰 낭패를 당하다.
16) **종깃종깃** 쫑긋쫑긋.
17) **힝하게** 횡하게. 빠르게.
18) **땅띔도 못하다** 아예 생각조차 못하다.
19) **종댕이** '종다래끼'의 방언. 아가리보다 바닥이 넓은 작은 바구니.
20) **질른다** 지르다.
21) **가물** 가뭄. 가물.

22) **해동갑** 해가 질 때까지 계속 일을 함.
23) **헤갈** 흩트려 어지럽힘.
24) **얼르다** 어르다.
25) **희짜를 뽑다** 가진 것이 없으면서 일부러 분수에 넘치게 행동하다.
26) **보름 게추** 보름마다 한 번씩 하는 계 모임.
27) **옥생각** 옹졸한 생각.
28) **깝살리다** 재물이나 기회를 흐지부지 없애다.
29) **허발** 목적을 이루지 못하고 공연한 짓을 함.
30) **볼지르다** 뺨치다. 능가하다.
31) **겨끔내기** 서로 번갈아하기.
32) **신폭** 한 끝에서 다른 한 끝까지의 거리.
33) **비를 거니다** 비를 가르다.
34) **제누리** '곁두리'의 방언. 새참.
35) **동이배** 동이처럼 불룩하게 나온 배.
36) **지우산** 대오리로 만든 살에 기름 먹인 종이를 발라 만든 우산.
37) **탕건** 벼슬아치가 갓 아래 받쳐 쓰던 관의 하나.
38) **반동** 어떤 작용에 대하여 그 반대로 작용함.
39) **인기** 인기척.
40) **음충하다** 엉큼하고 불량하다. 음흉스럽다.
41) **어름어름하다** 얼렁뚱땅하다, 어물거리다.
42) **산드러지다** 맵시있고 말쑥하다.
43) **허겁스럽다** 야무지거나 당차지 못하다.
44) **방고래** 방의 구들장 밑에 있는 불길과 연기가 통하여 나가는 길.
45) **앙살** 엄살을 부리며 버티고 겨루는 짓.
46) **훌닦다** 대강 훔쳐 닦다.
47) **메떨어지다** 모양이나 말, 행동 따위가 세련되지 못하고 촌스럽다.
48) **주리경** 주리를 트는 모진 형벌.
49) **정장** 억울함을 호소함.
50) **민적을 가르다** 이혼함을 의미. (민적 : 예전에 호적을 달리 이르던 말)
51) **째푸리다** 찌푸리다.
52) **앵하다** 아깝고 분하다.
53) **달망대다** 달망거리다, 어깨나 엉덩이를 들썩거리다.
54) **든직하다** 경솔하지 않고 듬직하다.
55) **애키다** 마음이 켕기다.
56) **대매** 단매. 단 한 번 때리는 매.
57) **악다구니** 욕설을 하며 다투다.

58) **표랑하다** 뚜렷하게 정한 곳이 없이 이리저리 떠돌아다니다.

59) **살속** 세상을 살아가는 맛.

60) **일구녕** 일자리.

61) **끼룩거리다** 무엇을 탐내어 자꾸 넘겨다보거나 고대하다. 기웃거리다.

62) **금시발복** 일을 한 결과로 이내 복이 돌아와 부귀를 누리게 됨.

63) **안잠** 안잠자기. 여자가 남의 집에서 먹고 자며 그 집의 일을 도와주는
　　 일 또는 그런 여자.

64) **다기지다** 마음이 굳고 야무지다.

65) **개신개신** 게으르거나 기운이 없어 자꾸 힘없이 행동하는 모양.

66) **귀축축하다** 하는 짓이 구질구질하고 더럽다.

67) **등걸잠** 아무것도 덮지 않고 옷을 입은 채 아무 데나 쓰러져 자는 잠.

68) **익달하다** 익숙하다.

69) **주리차다** 줄기차다.

70) **질군** 노름을 잘하는 사람.

71) **갑오** 노름에서 아홉 끗을 가리킴.

72) **모집다** 모조리 집다.

73) **겁겁하다** 성미가 급하고 참을성이 없다. 급급하다.

74) **둠** 구석 촌구석

75) **감잡히다** 상대방에게 약점을 잡히다.

76) **재게 가다** 바삐 가다.

77) **왁살스럽다** 우왁살스럽다의 준말. 보기에 무지하고 드세다.

78) **바특이** 조금 가깝게. 바짝.

79) **미나리** 메나리. 농부가의 하나로 슬픈 음조를 띤다.

80) **짚석이** '짚신'의 방언.

금 따는 콩밭

1) **간드렛불** 광산의 갱(坑) 안에서 작업할 때 들고 다니는 카바이드를 이용
　　 한 등불.

2) **귀중중하다** 매우 더럽고 지저분하다.

3) **쿠더브레하다** 상하고 찌들어 비위가 상할 정도로 쿠터분하다.

4) **암팡스럽다** 체구가 작아도 다부지고 야무지다.

5) **메떨어지다** 모양이나 말, 행동 따위가 세련되지 못하고 촌스럽다.

6) **버력** 광석이나 석탄을 캘 때 나오는, 광물 성분이 섞이지 않은 잡돌.

7) **시졸** 시조(時調)를.

8) **바지게** 발채(짐을 싣기 위하여 지게에 얹는 소쿠리 모양의 물건)를 얹은 지게.

9) **풍찌다** 허풍을 치다.

10) **지수** 낌새.

11) **훨썩** ‘훨씬’의 방언.

12) **우두머니** ‘우두커니’의 잘못.

13) **푸뚱이** 풋내기.

14) **어쓰다** 엇서다. 양보하거나 수그리지 않고 맞서다.

15) **커단 걸때** 큰 몸집.

16) **마름** 주인을 대신하여 소작권을 관리하는 사람.

17) **포악** 사납고 악함.

18) **핏대를 올리다** 핏대를 세우다. 목의 핏대에 피가 몰려 얼굴이 붉어지도록 화를 내거나 흥분하다.

19) **북새** 많은 사람들이 부산을 떨며 법석이는 일.

20) **허구리** 허리 좌우의 갈비뼈 아래 잘쏙한 부분.

21) **예제없다** 여기나 저기나 구별이 없다.

22) **귀살쩍다** 일이나 물건 등이 얼크러져 정신이 어수선하다.

23) **거반** 거의. 대부분.

24) **경상** 좋지 않은 몰골.

25) **엎으리다** 엎드리다.

26) **정백이** 정수리. 머리 꼭대기.

27) **금점** 금광.

28) **최주다** 체주다. ‘꾸어 주다’의 방언.

29) **신껏** 신명이 나서.

30) **주적거리다** 주책없이 잘난 체하며 자꾸 떠들다.

31) **객설** 객쩍게 하는 말.

32) **필** 소나 말을 세는 단위.

33) **조판다** 망친다.

34) **꾀송거리다** 달콤한 말로 자꾸 꾀다.

35) **영을 피우다** 기운을 내다.

36) **조당수** 좁쌀을 물에 불려 갈아서 묽게 쑨 것.

37) **일쩌웁다** 일거리가 되어 귀찮다.

38) **지지하다** 시시하고 지루하다.

39) **시체** 그 시대의 풍습이나 유행.

40) **스뿌르다** 솜씨가 설고 어설프다.

41) **포농이** 채소밭을 부치는 사람.

42) **옥당목** 품질이 낮은 옥양목.

43) **희짜뽑다** 가진 것이 없으면서 일부러 분수에 넘치게 행동하다.

44) **코다리** 명태를 코를 꿰어 바짝 말리지 않고 중간쯤 말린 것.

45) **나릿나릿** 느릿느릿.

46) **버듬히** '버드름히'의 준말. (버드름하다 : 밖으로 약간 벋은 듯하다.)

47) **금퇴** 금이 들어 있는 광석.

48) **물밀때** 물밀듯이 밀려올 때.

49) **맥적다** 맥쩍다. 재미없고 심심하다.

50) **귀 거친** 듣기 거북한.

51) **골김에** 홧김에

52) **내꾼지다** 내던지다.

53) **통이** 온통.

54) **하냥이다** 한결같다.

55) **노량으로** 어정어정 놀면서 느릿느릿.

56) **흘게 늦다** 야무지지 못하고 느릿느릿하다. (흘게 : 매듭 · 사북 따위를 단단하게 조인 정도나, 어떤 것을 맞추어서 짠 자리)

57) **멈씰하다** '멈칫하다'의 방언.

58) **내꾼지다** '내버리다'의 방언.

59) **벗나다** 벗어나다.

60) **토록** 광맥의 본래 줄기에서 떨어져 다른 잡석과 함께 광맥의 겉으로 드러나 있는 광석.

61) **옥아도** 장사 따위에서 본전보다 밑져도.

62) **심** 셈.

63) **피륙** 직물을 통틀어 말함.

64) **불풍이 나다** 매우 바쁘게 드나들다.

65) **조기다** 두들겨 쪼개다.

66) **훅닥이다** 공연한 말로 꼴사납게 지껄이다.

67) **가생이** '가장자리'의 방언.

68) **고르잡다** 바로잡다.

69) **얼뺨** 얼떨결에 치는 뺨.

70) **두덜거리다** 낮은 목소리의 혼잣말로 자꾸 불평을 하다.

71) **모디다** 모으다

72) **뾰록** '뾰루지'의 방언.

73) **건뜻하면** '건듯하면'의 센말. 걸핏하면.

74) **방고래** 방의 구들장 밑으로 나 있어 불길과 연기가 나가는 길.

75) **물리다** 싫증나다.

76) **앵한** 애꿎은.

77) **얼주** 얼추.

78) **황밤주먹** 밤톨 같이 단단히 쥔 주먹.

79) **암상** 미워하며 화를 내는 마음.

80) **언내** 어린아이, 젖먹이의 방언.

81) **적으나면** 어지간하면. 웬만하면.

82) **지르채다** 어떤 사정이나 형편을 재빨리 미루어 깨닫다. 알아채다.

83) **재래에** 예전에. 전에.

84) **곱색줄** 붉은빛의 광맥.

85) **설면설면** 슬금슬금.

86) **뽕이 나다** 비밀이 드러나다. 비밀이 탄로나다.

동백꽃

1) **횃소리** 닭이 홰를 치는 소리.

2) **대강이** ‘머리’를 속되게 이르는 말.

3) **오소리** 족제빗과의 하나로 너구리와 생김새가 비슷하다.

4) **덩저리** 몸집을 낮잡아 이르는 말.

5) **면두** ‘볏’의 강원도 사투리.

6) **헛매질** 때리는 시늉만 하고 실제로는 때리지 않는 매질.

7) **쪼간** 농간. 작간.

8) **쌩이질** 쓸데없는 일로 남을 귀찮게 구는 짓.

9) **항차** 황차. 하물며.

10) **할금할금** 곁눈으로 살그머니 계속 할겨 보는 모양.

11) **얼병이** 얼뜨기.

12) **보구니** 바구니.

13) **배재** 땅을 소작할 수 있는 권리.

14) **양식이 딸리다** 양식이 부족하다. ‘양식이 달리다’의 잘못.

15) **담날** 다음날.

16) **암팡스레** 몸은 작아도 야무지고 다부진 면이 있게.

17) **쥐지르다** ‘쥐어지르다’의 북한말. 주먹으로 힘껏 내지르다.

18) **배냇병신** 선천성 기형을 이르는 말.
19) **고자** 생식 기관이 불완전한 남자.
20) **열벙거지가 나서** 열화가 나서. 몹시 화가 나서.
21) **대거리** 대꾸. 상대편에 맞서서 대듦.
22) **배채** 어떤 일을 하기 위한 꾀.
23) **살모사** 살무사. 살무삿과의 뱀.
24) **하비다** 할퀴다. 손톱이나 날카로운 물건 따위로 긁어 파다.
25) **멈씰하다** '멈칫하다'의 방언.
26) **쟁그럽다** 하는 행동이 괴상하여 얄밉다.
27) **살** 눈살.
28) **앙가프리** '앙갚음'의 방언.
29) **물쭈리** 담배를 끼워서 빠는 물부리의 방언.
30) **뻐드러지다** 굳어서 뻣뻣하게 되다. 버드러지다의 센말.
31) **필연** 틀림없이.
32) **삭정이** 살아 있는 나무에 붙은 채 말라 죽은 가지.
33) **목쟁이** '목'의 비속어.
34) **싱둥겅둥** 건성건성. 일을 꼼꼼히 하지 않고 대충대충하는 모양.
35) **호들기** '호드기'의 방언. (호드기 : 버드나무 가지나 밀짚 등의 속대를
　　　뽑아내고 남은 껍질을 적당한 길이로 잘라서 만든 피리.
36) **가차이** '가까이'의 방언.
37) **빈사지경** 거의 죽게 된 처지나 형편.
38) **걱실걱실** 성품이 너그러워 말과 행동을 시원스럽게 하는 모양.
39) **여호** 여우.
40) **홉뜨다** 눈을 위로 굴리고 눈시울을 위로 치뜨다.
41) **명색** 겉으로 내세우는 구실.
42) **산 알로** 산 아래로.

만무방

1) **만무방** 염치가 없이 막된 사람. 제멋대로 행동하는 사람.
2) **벚** 벚나무.
3) **할짝거리다** 혀끝으로 조금씩 가볍게 핥다.
4) **호아들다** 이리저리 왔다 갔다 하다.

5) **구붓하다** 약간 굽은 듯하다.

6) **송이파적** 송이를 따는 일.

7) **구메밥** 죄수에게 옥문 구멍으로 들여보내던 밥.

8) **사관을 틀다** 음식을 급히 먹어 체했을 때 네 곳의 혈에 침을 놓는 것.

9) **고의자락** 남자들이 입는 여름 홑바지자락.

10) **대구리** ‘대가리’의 방언.

11) **알씬거리다** 눈앞에 잠깐씩 나타났다 없어지다. 얼씬거리다.

12) **창주** ‘창자’의 방언.

13) **걸쌈스레** 남에게 지지 않으려 하고 억척스럽게.

14) **백판** 전혀. 생판.

15) **공때리다** 공치다. 허탕치다.

16) **을프냥궂다** 을씨년스럽다. 우울하고 언짢다.

17) **이그리다** 일그러뜨리다.

18) **데생기다** 생김새나 됨됨이가 못나게 생기다. 못생기다.

19) **속중** 속마음.

20) **왁살스럽다** 우악살스럽다의 준말. 보기에 포악스럽고 무지하여 매우
드센 데가 있다.

21) **꿰지다** 터지다.

22) **켜다** 갈증이 나서 물을 들이키다.

23) **뒤려내다** 들이대다.

24) **설렁설렁** 천천히 표나지 않게 움직이는 모양.

25) **체수** 몸의 크기. 체구. 몸집.

26) **들갑작거리다** 몸을 방정맞게 흔들며 까불거리다.

27) **얼레발** ‘엉너리’의 방언. (엉너리 : 남의 환심을 사기 위하여 말이나 행
동을 일부러 어물거려 넘기는 짓)

28) **시새장** 모래밭.

29) **괴때기** ‘괴꼴’의 잘못된 표현. (괴꼴 : 타작할 때 생기는 짚북 더미)

30) **편답** 편력. 여기저기 널리 돌아다님.

31) **되우** 몹시.

32) **번시라** 본시부터. 본래부터.

33) **역마직성** 늘 분주하게 이리저리 떠돌아다니는 사람을 이르는 말.

34) **꺼럿다** 절었다.

35) **조선문** 한글. 언문.

36) **섬** 곡식 따위를 담기 위하여 짚으로 엮어 만든 그릇.

37) **매팔자** 빈들빈들 놀면서도 먹고 사는 걱정이 없는 팔자.

38) **게트림** 거만스럽게 거드름을 피우며 하는 트림.

39) **호동가란히** 마음에 두지 않고 아주 조용히.

40) **주재소** 일제 강점기 때 순사가 머무르면서 업무를 맡아보던 경찰의 말단 기관.

41) **학질** 말라리아. 여기서는 '괴롭거나 어려운 상황을 벗어나느라고 진땀을 빼거나, 그 상황에 거의 질려 버리다'의 의미이다.

42) **근대다** 몹시 성가시게 하다.

43) **뻔질** 뻔질나게. 자주.

44) **기지사경** 거의 죽을 지경에 이름.

45) **진시** '진작'의 잘못된 표현.

46) **홑자식** 하나뿐인 자식.

47) **도지** 풍년이나 흉년에 관계없이 해마다 일정한 금액으로 정하여진 소작료.

48) **장리쌀** 장리로 빌려 주거나, 장리로 갚기로 하고 꾸는 쌀.

49) **색조** 세곡이나 환곡을 받을 때나 타작할 때에 정부나 지주가 간색(看色 : 물건의 일부분을 선택해 품질을 살핌)으로 더 받던 곡식.

50) **가뜩한데** 가뜩이나. 그렇지 않아도 매우.

51) **배틀리다** 일을 어그러지게 하다. 배틀다의 피동사.

52) **구구루** 국으로. 제 생긴 그대로.

53) **사품** 어떤 동작이나 일이 진행되는 바람이나 겨를.

54) **반실** 절반 가량 잃거나 손해를 봄.

55) **말짱** 속속들이 모두.

56) **드리** 들입다. 마구. 세차게.

57) **뻐팅기다** 버티다.

58) **섭수** '수단'의 방언.

59) **엇먹다** 사리에 맞지 않는 말과 행동으로 비꼬다.

60) **단풍** 일제강점기에 있었던 담배 상표.

61) **궐자** 상인칭 '그'를 낮추어 부르는 말. 작자.

62) **부르대다** 나무라기나 하는 듯이 거친 말로 야단스럽게 떠들어 대다.

63) **짜정** 짜장. 과연 정말로.

64) **거대다** 그어대다.

65) **확적히** 적확히.

66) **행태** 행동하는 양상.

67) **가새** '가위'의 방언.

68) **푸뚱이** 풋내기.

69) **얼렁거리다** 남의 비위를 맞추거나 환심을 사려고 자꾸 아첨을 떨다. 알랑거리다.

70) **뽕이 나다** 비밀이 탄로나다.

71) **꾸림** 꾸러미.

72) **간사** 거짓으로 남의 비위를 맞추는 태도.

73) **시쁘다** 대수롭지 않다.

74) **야멸치다** 태도가 차고 야무지다.

75) **가축** 물품이나 몸가짐 따위를 알뜰히 매만져서 잘 간직하거나 거둠.

76) **종잘거리다** 수다스럽게 종알거리다.

77) **한데** 바깥.

78) **말** 마을.

79) **자들어 주다** 거들어 주다.

80) **찌꺽지** '찌꺼기'의 잘못.

81) **조히** 종이.

82) **예제없다** 여기나 저기나 구별없다.

83) **부추돌** 부춛돌. 옛날에 뒷간에서 부출 대신 놓아서 발로 디디고 앉아서 볼일을 보게 한 돌. (부출 : 뒷간 바닥의 좌우에 깔아 놓은 널빤지)

84) **어뜩비뜩** 행동이 바르지 않거나 단정하지 못한 모양.

85) **메** 매끼. 맷고기나 살담배를 작게 갈라 동여매어 놓고 팔 때, 그 덩어리나 매어 놓은 묶음을 세는 단위. (개고기 한 메 : 개고기 한 덩어리)

86) **근사** 일에 공을 들이는 일 또는 그 일.

87) **뇌점** 한방에서 말하는 폐결핵.

88) **염병** 장티푸스.

89) **대** 담뱃대.

90) **두목답답하다** 몹시 답답하다.

91) **십상** 꼭 맞음. 제격.

92) **맥맥하다** 생각이 잘 돌지 아니하여 답답하다.

93) **가랑무** 제대로 굵게 자라지 못해 밑동이 두세 가랑이로 갈라진 무.

94) **매출이** 곧게.

95) **가생이** 가장자리.

96) **둠** 두메.

97) **쇠** 금속으로 된 징이나 꽹가리 등의 타악기.

98) **한꼿** 한껏.

99) **조기다** 조지다. 마구 두들기다.

100) **각다귀** 남의 것을 뺏어서 사는 사람을 비유적으로 이르는 말.

101) **궁글다** 소리가 웅숭깊다. (웅숭깊다 : 되바라지지 않고 깊숙하다)

102) **산사** 산사나무.

103) **뒷심** 남이 뒤에서 도와주는 힘. 뒷셈.

104) **희연** 일제강점기에 있던 담배 상표.

105) **재치다** 몰아치거나 재촉하다.

106) **안적** 아직.

107) **흰소리** 터무니없이 자랑으로 떠벌리거나 거드럭거리며 허풍 떠는 말.

108) **비겨대다** 비스듬히 기대다.

109) **성행** 성품과 행실.

110) **얼뚤하다** 얼떨떨하다.

111) **완고척하다** 고지식하고 완고하다.

112) **어수대다** 어울리지 않게 우쭐대다.

113) **한 케 뜨다** 한 켜. (켜 : 노름하는 횟수를 세는 단위) 노름을 함께 하자는 뜻.

114) **손두** 부도덕한 사람을 그 지역에서 내쫓음.

115) **설대** 담배 설대. 담배통과 물부리 사이에 끼워 맞추는 가느다란 대.

116) **최다** 꾸어주다.

117) **우격** 억지로 우김.

118) **우좌스럽다** 우쭐대거나 잘난척하다.

119) **너느다** 나누다.

120) **튀전** 투전.

121) **녹빼기** 화투놀이의 하나로 '육백'을 말함.

122) **수짜질** 수작질.

123) **사경** 새경. 머슴이 한 해 동안 일한 대가로 받는 돈이나 물건.

124) **송두리** 있는 것 전부. 송두리째.

125) **야마시꾼** '사기꾼'의 일본말.

126) **본밑** 본전. 본밑천.

127) **알라** 아울러.

128) **구문** 구전, 개평 돈.

129) **헐없다** 영락없다.

130) **음충맞다** 마음이 음흉하고 불량하다.

131) **호옥** 혹시.

132) **요동 통에** 요동하는 바람에.

133) **오금팽이** 무릎의 구부러지는 안쪽의 오목한 부분. 오금.

134) **딥쓰다** 부릅뜨다.

135) **노글거리다** 몸이 자꾸 노글노글해지다.

136) **홀의 자식** 배운 데 없이 제풀로 막되게 자라 교양이나 버릇이 없는 사람을 낮잡아 이르는 말. '호래자식'의 잘못

137) **헤까비** 허깨비.

138) **멈씰하다** '멈칫하다'의 방언.

139) **풍세** 바람의 세기.

140) **한고** 추위로 인한 고생.

141) **역갱이** 여우의 방언.

142) **격장** 담을 사이에 둔 가까운 이웃.

143) **대거리** 상대편에게 맞서서 대드는 말이나 행동.

144) **바특이** 바짝.

145) **한 식경** 잠깐 동안.

146) **뺑손** 뺑소니.

147) **필** 피륙. 여기에서는 얼굴에 가리기 위해 쓴 천을 말함.

148) **우두망찰하다** 정신이 얼떨떨하여 어찌할 바를 모르다.

149) **살뚱맞다** 당돌하고 생뚱맞다.

150) **북새를 놀다** 여러 사람이 부산하게 법석이다.

151) **되퉁스럽다** 찬찬하지 못하거나 미련하여 일을 그르칠 듯하다. '되통
스럽다'의 잘못.

152) **두레두레하다** 둥글둥글하다.

153) **시나브로** 모르는 사이에 조금씩 조금씩.

154) **대미처** 뒤미처.

155) **일치 못할 만치** 일어나지 못할 만큼.

156) **어청어청** 키가 큰 사람이나 짐승이 천천히 걷는 모양.

작품 해설 및
김유정 연보

아마도 여러분은 어릴 적에 이런 질문 한 번쯤은 받아보지 않으셨는지? "엄마가 좋아, 아빠가 좋아?" 그리고 최근에 많은 사람들로부터 인기를 얻은 영화 〈위험한 상견례〉에는 이러한 질문이 나온다. "나와 나의 딸이 물에 빠지면 누구를 먼저 구조하겠나?" 딸을 사랑하는 예비 사위에게 이 질문을 한 예비 장인은 어떤 대답을 원한 것일까?

　자, 「봄 봄」의 마지막 장면을 한번 상기해 보자. 아버지와 장래의 남편 중에서 '점순'은 누구를 선택하나? 이 소설에서는 '아버지'이다. 그러나 그것이 점순의 진짜 마음일까?

　「동백꽃」처럼 「봄 봄」도 김유정의 해학성을 잘 보여주고 있는 작품이다. 소설 속의 '나'는 벌써 몇 넌째 '새경' 하나 받지 못하고 점순의 집에서 머슴 아닌 머슴살이를 하고 있다. 점순과의 '성례'(결혼)를 조건으로 말이다. 그러나 점순의 아버지 즉 '나'의 미래의 장인은 성례시켜 줄 생각조차도 하지 않는 듯하다. 그 이유가 재미있다. 점순의 키가 자라지 않았다는 것이다. '나'도 물론 처음에는 그렇게 생각했다. 시간이 흐르면 점순의 키가 자랄 것이고, 어련히 '장인 영감'께서 성례를 시켜 줄까, 라고 말이다. 그러나 아무리 시간이 가도 점순의 키는 자라지 않는다. 그리고 그는 알아채 버린다. 이미 자신처럼 '점순'과 성례를 미끼로 세 명의 '사위'들이 '머슴'처럼 일만 하다 떠났다는 것을. 그리고 '키 타령'은 데릴사위를 조금이라도 더 오랫동안 '머슴'으로 부려먹기 위해서라는 것을. 여기에서 눈물 나는 '나'의 '결혼 투쟁'이 시작한다.

　'나'가 벌이는 투쟁은 우선 태업으로 시작된다. 다시 말해 배가 아프다는 이유로 농삿일을 거부하는 것이다. 이 일로 그는 미래 장인으로부터 "이 자식아, 일허다 말면 누굴 망해 놀 셈속이냐, 이 대가릴 까놀 자식!"이라는 욕을 먹고, 뺨까지 맞게 된다. 그러나 갑작스런 태업으로 인해 자신의 화를 자제하지 못했을 뿐이지 '빙장 어른' 또한 '나'가 아니면 농사를 짓기가 어렵다는 것을 잘 알고 있다. 작년에도 이와 비슷한 일이 있었다. "사날씩이나 건성 꿍꿍, 잃"은 척을 한 것이다. 애가 탄 '빙장 어른'은 "얘 그만 일어나 일 좀 해라, 그래야 올 갈에 벼 잘 되면 너 장가 들지 않나."라고 말하고, 이 말에 '나'는 "귀가 번쩍 띄어서 그날로 일어나서 남이 이틀 품 들일 논을 혼자 삶아 놓"는 '초인적인 힘'을 발휘한다. 그러나 성례는 여전히 이루어지지 않는다. 빙장 어른은 예의 또 '키 타령'을 하는 것이다.

이 정도면 '빙장 어른'을 우리는 '악덕 업주'로 생각할 수도 있을 것이다. 사실 그가 하는 행동은 돈은 주지 않고 일만 시키는 '악덕 업주'와 전혀 다르지 않다. 그러나 이 소설을 읽는 독자는 '빙장 어른'을 쉽게 '악덕 업주'로 간주하고 욕을 하지 못하고, 오히려 웃음을 '실실' 흘릴 수밖에 없는데, 바로 이 점이 「봄봄」의 가장 큰 특징이다. 딸의 키를 이유로 미래 사위를 '공짜'로 일만 시키는 '빙장 어른'은 보는 입장에서 따라서 '귀엽기'까지 하지 않는가? 바로 이 점이 소설가 김유정의 힘인 것이다.

자, 여기서 퀴즈 하나! '나'는 과연 이후 점순이와 결혼을 했을까? '빙장 어른'의 다음 말에 힌트가 있다.

"이 자식! 장인 입에서 할아버지 소리가 나오도록 해?"

그리고 또 하나! 점순이 소설의 후반부에서 아버지의 편을 드는 것은 과연 '진심'에서 우러나온 것이었을까? '상상의 나래'를 펼쳐 보시기를.

소낙비

　김유정의 소설 중에서 「만무방」, 「금 따는 콩밭」, 그리고 「소낙비」가 가진 공통점은 그 소재가 ‘가난’이라는 것이다. 「만무방」과 「금 따는 콩밭」이 아무리 열심히 일을 해도 가난할 수밖에 없는 인물들을 그려 내고 있다면, 「소낙비」는 그 가난이 인간을 후안무치(厚顔無恥)의 지경까지 타락하게 만든다는 것을 보여 준다.

「소낙비」의 춘호는 「만무방」의 응오 혹은 응칠이며 동시에 「금 따는 콩밭」의 영식이다. 그는 "고향인 인제를 등진 지 벌써 삼 년이 되었다. 해를 이어 흉작에 농작물은 말 못되고 따라서 빚쟁이들의 위협과 악다구니"가 늘어나자 열아홉 살의 젊은 아내만을 데리고 밤도망을 친 것이다. 그리고 지금의 사는 동네에 자리를 잡았지만 여기에서는 소작마저 부치지 못하는 지경이다. 이제 그가 갈 수 있는 곳은 노름판 밖에 없다. 노름판에서 한 몫 잡지 못하는 한 그에게는 그 어떤 희망도 없는 것이다. 그러나 문제는 그 노름판에 끼일 '밑천'이 없다는 것이다. 그가 할 수 있는 일이란 '돈 꿔오라며' 아내를 두들겨 패는 것뿐이다.

아내라고 해서 무슨 뾰족한 수가 있을 리가 없다. 그러나 그녀에게 절호의 기회가 찾아온다. 돈 이 원뿐만 아니라 어쩌면 '팔자'를 고칠 수 있는 기회가 그녀를 찾은 것이다. 마을에서 가장 부자인 이 주사가 그녀의 몸을 탐내는 것이다. 이 주사는 그녀가 자신의 첩이 되어 준다면 돈 이 원뿐만 아니라 그 남편에게 부쳐 먹을 농토까지 주겠다고 한다. 정확히 말하자면 그녀는 지금 '몸을 팔' 기회를 잡은 것이다. 몸을 '판다는' 것은 분명 부도덕한 일이다. 더구나 그녀는 남편을 가진 여자가 아닌가. 그러나 그녀는 이 주사에게 '몸을 파는 행위'를 "남편에게 매나 안 맞고 살 수" 있는 하나의 기회로 여긴다. 이 주사에게 몸을 내어주고 돈 이 원을 얻기로 한 그날 비로소 그녀는 남편에게 따뜻한 말을 들을 수 있었다.

"병나, 방에 들어가 어여 옷이나 말리여, 감자는 내가 삶을

게.” 아내에게 이처럼 따뜻한 말을 건네는 남편 또한 그녀가 어떻게 해서 돈 이 원을 구할 수 있는지를 잘 알고 있다. 그러나 남편은 아내가 ‘어떻게’ 돈을 버는지에는 관심이 없다. 그에게 유일한 관심사는 필요한 돈을 아내가 가져올 수 있다는 것이다. 아내가 이 주사를 만나기로 한 날, 그 남편은 아내의 머리를 빗겨 주는 등 아내가 치장하는 데 한 몫을 거둔다. 그리고 “남편은 그 이 원을 고이 받고자 손색없도록, 실패 없도록 아내를 모양내” 이 주사에게 보낸다.

가난은 인간을 극한까지 밀어붙인다. 결코 춘호나 그의 처가 도덕심이 부족해 몸을 팔고 돈 구하는 것을 기쁘게 생각하는 것은 아닐 것이다. 그렇게라도 하지 않으면 그들의 삶이 거기에서 끝날 수밖에 없기 때문인 것이다. 이 역설, 아내가 몸을 팔고서야 부부의 정을 찾을 수 있었다는 이 역설을 우리는 어떻게 받아들여야 하는 것일까? 우리는 과연 부도덕한 인간이라고 그들을 손가락질 할 수 있는 것일까?

금 따는 콩밭

　「금 따는 콩밭」은 인간의 물질적 욕망에 대한 소설이다. 많은 사람들이 물질적인 것이 자신들을 행복하게 해주리라고 믿으며 살아간다. 그러나 과연 그러할까? 우리는 이에 대한 답으로 「금 따는 콩밭」을 제시할 수 있을 것이다. 그러나 이 소설이 보여주는 것이 '있는 사람이 더 얻고자 하는 욕망'이 아니라는 데에서 씁쓸함을 떨쳐 버릴 수가 없다.

이 소설의 주인공들이 가지고 있는 욕망은 호화스러운 삶에 있지 않다. 콩밭을 파헤치고 '금을 파서' 그들이 하고자 하는 것은 겨우, 코다리 찜을 해먹는 것이고 흰 고무신을 사서 신는 것이다. 바로 이 점이 「금 따는 콩밭」을 물질을 욕망하는 인간을 그리는 풍자 소설로 쉽게 간주하기를 주저하게 만드는 이유이다. 그들이 가지고 있는 그러한 욕망이야말로 열심히 일하는 사람들이 누릴 수 있는 가장 평범한 것이 아닌가. 그렇다면 이 소설은 많은 사람들이 평하는 것과는 달리 '가난'이 만들어낸 파괴된 삶을 그리고 있는 것으로 보아야 할 것이다.

이 글의 주인공 영식이는 소작농이다. 남의 땅을 빌려 농사를 짓는 사람인 것이다. 우리는 「만무방」에서 일제 시기 소작농들이 얼마나 비참한 생활을 할 수밖에 없었는가를 살펴볼 수 있다. 「만무방」의 응오처럼 영식 또한 열심히 일하지만 가난에서 벗어날 수 없는 '워킹 푸어'의 처지이다. 그러한 그에게 어느 날 친구 수재가 찾아와 영식이 소작을 부치고 있는 콩밭으로 금맥이 흐르고 있다며 일확천금의 꿈을 부추긴다. 만약에 "올봄 보낼 제 비료 값, 품삯 빚에 빚진 칠 원 까닭에 나날이 졸리는" 판이 아니었다면 영식이 수재의 꼬임에 쉽게 넘어가지는 않았을 것이다. 그 또한 「만무방」의 응오처럼 성실한 농사꾼이었기 때문이다. 그러나 응오가 아무리 열심히 일해도 아내의 약 한 채 마련하지 못하고, 추수가 끝난 뒤 빈 지게를 지고 터덜터덜 절망의 발걸음을 옮길 수밖에 없었던 것처럼 영식도 열심히 일하지만 빚에 쪼들리는 생활을 할 수밖에 없었던 것이다.

바로 이 점이 수재의 꼬임에 영식이 넘어갈 수밖에 없는 이유이다. 다시 말해 영식이 일확천금의 꿈을 꾸고 멀쩡한 콩밭을 갈아엎는 것이 그가 물질에 대한 남다른 욕망을 가지고 있기 때문이 아니라는 것이다. 희망이 보이지 않는 삶은 인간을 극한으로 밀어붙인다. 이 소설에는 나오지 않지만 아마도 수재는 도망을 갔을 것이며, 콩밭을 갈아엎은 영식이는 분명히 소작을 떼었을 것이다. 여기서 우리는 또 다시 「만무방」의 응칠이를 만나게 된다. 영식이 또한 떠돌이가 되고, 전과자가 되고, 결국은 그 누구도 반기지 않는 그런 사람이 될 수밖에 없었을 것이다. 그 모두가 가난이 만들어낸 비극인 것이다.

만무방

　「만무방」은 「동백꽃」, 「봄 봄」과는 사뭇 다른 분위기의 소설이다. 「동백꽃」, 「봄 봄」이 김유정 특유의 해학성을 가지고 독자들의 웃음을 유발한다면, 「만무방」에서는 이와는 전혀 다른 비극적 상황이 전개된다. 「만무방」은 '가난' 때문에 모든 것을 잃게 되는 두 형제의 이야기인 것이다. 이 소설은 일제 강점 시기에 조선의 농민들이 어떻게 살아갔나를 여실히 보여주는 일종의 사회 소설로 읽어야 한다.

형인 응칠은 떠돌이이다. 거기에다 '전과자'이기까지 하다. 다시 말해 사회적으로 별로 환영받지 못하는 사람이다. 그에 비해 동생 응오는 동네에서 알아주는 성실한 농사꾼이다. 그러나 그러한 응오가 남들이 모두 추수를 끝낼 때까지 벼를 베지도 않는다. 그것은 아무리 열심히 일을 해도 언제나 무일푼일 수밖에 없는 현실에 대해 응오가 할 수 있는 최소한의 저항이다. 응오는 처가 거의 죽을병에 걸려 운신을 못하고 있지만 약 한 첩 쓸 수 있는 돈이 없다. 일 년 내내 땀 흘려 벼농사를 지었지만 수확을 한다 해도 빈 지게로 집에 돌아올 수밖에 없는 처지이다. 이러한 상황이 지주의 성화에도 불구하고 그가 벼 수확을 포기할 수밖에 없는 이유이다.

우리는 여기에서, 다시 말해 이러한 응오에게서 미래의 응칠을 예견한다. 지금은 떠돌이이자 전과자인, 사회적으로 천시받는 처지이지만 응칠 또한 원래는 성실한 농사꾼이 아니었던가. 하지만 '가난' 때문에 결국은 가족들이 뿔뿔이 헤어지게 되고 떠돌이가 되고 전과자가 될 수밖에 없지 않았던가. 결국은 그 동생 응오 또한 아내가 죽는다면, 그리고 더 이상 희망을 주지 않는 농사를 포기한다면 아마도 형 응칠이 갔던 '그 길'을 갈 수밖에 없을 것이다. 응칠이 그 자신의 불성실함이나 성격 때문에 전과자가 된 것이 아니듯이 응오 또한 사회적 여건이 그를 떠돌이로 그리고 아마도 또한 전과자로 만들 것이다.

「만무방」은 일제 강점기 많은 사람들이 겪어야 했던 가난이 얼마나 삶을 피폐화 시키는가를 보여주는 소설이다. 물론 가난

하다고 해서 모든 사람들이 떠돌이나 전과자가 되는 것은 아니
다. 그러나 극한의 가난은 인간의 삶 그 자체를 극한으로 밀어낸
다. 아무리 열심히 일해도 극단의 가난에서 벗어나지 못하는 사
람들이 있다. 이들을 '워킹 푸어'라고 한다. 「만무방」의 응오나
응칠은 그러한 워킹 푸어의 전형이라 할 수 있을 것이다. 그리고
지금도 우리 사회에는 이러한 워킹 푸어들이, 다시 말해 또 다른
응칠과 응오가 존재하고 있다. 아마도 워킹 푸어가 존재하는 사
회, 아무리 열심히 일한다 해도 가난에서 벗어나지 못하는 사람
들이 있다면 그 사회를 우리는 '정상 사회'라고 부를 수는 없을
것이다. 이러한 점에서 「만무방」을 통해 김유정이 지적한 문제
는 지금도 여전히 유효하다 할 수 있을 것이다.

동백꽃

김유정의 「동백꽃」에서는 사춘기 소년 소녀의 '알싸한' 냄새가 난다. 그 냄새는 이제 막 싹을 내미는 모든 생명체가 그렇듯 비리지만 결코 거부할 수 없는 어떤 것이다. 그 비릿한, 막 싹 튼 '성(性)'의 향취를 누가 거부할 수 있다는 말인가. 주지하다시피 이 소설은 시골에 사는 소년 소녀의 사춘기적 이야기다. 이미 어른이라면 언젠가 거쳐 간 이야기이고, 아직 아이라면 곧 거쳐 가야 할 시기의 이야기인 것이다.

이미 그 시기를 거쳐 온 사람이라면, 소설 말미의 그 '알싸한' 냄새라는 표현을 보며 '알싸한' 미소를 지을지도 모르겠다. 그리고 누구에게나 한번쯤은 있음직한 '서툰' 사랑의 고백, 혹은 가슴에 꼭 안고 있을 수밖에 없었을 그 풋사랑의 감정을 점순이와 '나'의 '서툰' 행동을 보며 떠올릴지도 모르겠다.

사랑을 그리고 있음에도 불구하고 이 소설은 해학적이다. 많은 청소년 영화나 소설이 그들의 '청순함'을 그리는 것과는 사뭇 다르게 말이다. 이 소설은 그러한 해학을 통하여 이제 막 누군가를 '마음에 두게 된' 소녀의 마음을 사실적으로 그려낸다. 이제 17살인 점순의 마음속에 어느 순간인지 모르게 옆집 사는 '나'가 들어온다. 그녀는 어떻게든지 그에게 자신의 마음을 전달하고 싶다. 그래서 '나'에게 자신의 '마음'을 담뿍 담은 감자를 주고자 한다. 이 감자는 당연하게도 '나'에 대한 점순의 '사랑'이다. 그래서 이 감자는 "더운 김이 홱 끼치는" 것이 될 수밖에 없다. '뜨거운' 점순이의 마음처럼 말이다. 그러나 처음 하는 사랑의 고백이 제대로 될 리가 없다. 점순이 해서는 안 될 말을 해버린 것이다. "너 집엔 이거 없지."

인간은 말을 통해 서로의 의사를 주고받는다. 그러나 같은 말이라도 어떤 상황이냐에 따라 그 의미가 의도와 전혀 다르게 전달이 될 수 있다. "너 집엔 이거 없지."라는 말이 그렇다. 사실 점순이 그 감자를 주며 '나'를 무시하고자 하는 의도는 전혀 없었을 것이다. 그러나 소작인 처지인 '나'의 입장에서 보면 그 말은 또 다르게 받아들일 수밖에 없다. 그 말은 '나'와는 전혀 처지가 다른, 경우에 따라서는 지금 경작하는 땅을 떼게 할 수도 있는 마름의 딸이 점순이가 아닌가 말이다. 그는 이미 자신의 어머니에게도 그와 같은 이유로 점순이와 가까이 하지 말 것을 경고받기도 했던 것이다. 이러한 처지의 '나'에게 "너 집엔 이거 없지."라는 점순의 말은 그의 자존심을 건드릴 수밖에 없었을 것이다. 그래서 "난 감자 안 먹는다. 네나 먹어라."라고 툭 쏘아줄 수밖에 없는 것이다.

이 감자 사건을 계기로 점순은 '나'의 수탉을 괴롭힌다. 그 의도가 너무 뻔하기 때문에 독자들은 웃지 않을 수가 없다. 그런 점순의 '못된 행동'은 자신의 자존심을 상하게 한 '나'에 대한 사랑이 여전함을 증명하는 행위인 것이다. 다시 말해 점순의 행동은 '나'의 주목을 받기 위한, 그리고 그 주목을 통해 '나'의 사랑을 얻기 위한 묘한 사랑의 고백인 것이다. 그리고 이러한 점순의 행동은 결국 '나'의 사랑을 얻게 되고, 소설은 '해피엔딩'으로 치닫게 된다. 이 소설에서 이후의 상황은 보여주지 않는다. 그렇다면 우리가 상상해 볼 수밖에. 그들의 사랑은 결혼으로 이어졌을까? 그리고 행복했을까? 여러분이 한번 상상해 보시길.

김유정 연보

- 1908년 1월 11일 강원도 춘천군 신동면 증리에서 부친 김춘식(金春植) 모친 청송(靑松) 심씨의 2남 6녀 중 일곱째이자 차남으로 출생. 본관은 청풍(靑風).
- 김육(金堉, 1580~1658)의 10대손. 김우명(金佑明, 1619~1675)의 9대손. 조부 김익찬(金益贊)은 춘천 의병(義兵) 봉기의 배후 인물로 재정 지원을 했다. 조부 때 6천 석 추수를 하는 춘천의 명가(名家)가 되었다. 부친 김춘식(金春植)은 참봉으로 호칭됨. 그 해 겨울 한양(漢陽 : 지금 서울)의 종로구 운니동(당시 진골)에 대저택을 마련, 가족 이사. 춘천의 집을 그냥 두고 소작농으로 하여금 농사를 짓게 함.
- 1915년(7세) 어머니 청송 심씨 사망.
- 1917년(9세) 아버지 김춘식 사망 후 형님과 형수, 누님의 사랑을 받음.
- 1920년(12세) 재동공립보통학교(齋洞公立普通學校) 입학.
- 1921년(13세) 3학년으로 월반
- 1923년(15세) 재동공립보통학교 4년(제16회) 졸업 후 휘문고등보통학교(徽文高等普通學校)를 검정(檢定)으로 입학. 숭인동(崇仁洞) 80번지로 이사.

- 1924년(16세) 말더듬이 교정소에 다님.
- 1926년(18세) 휘문고보 3학년 마치고 휴학.
- 1927년(19세) 휘문고보 4학년에 복학.
- 1928년(20세) 형 유근 가족 춘천 실레마을로 이사. 유정은 봉익동 삼촌집에 얹혀 지냄.
- 1929년(21세) 휘문고보 5년 졸업(제 21회). 삼촌댁에서 사직동 둘째 누님 유형(裕瀅) 집으로 거처를 옮김(누님은 이혼 후 양복공장 근무).
- 1930년(22세) 연희전문학교(延禧專門學交) 문과에 입학하였으나 6월 24일 학칙 제 26조에 의거, 제명처분 당함. 하지만 김유정은 더 배울 것이 없어 자퇴했다고 함. 박록주를 짝사랑했으나 끝내 거절당함. 춘천 실레마을에 내려와 방랑생활. 안회남의 권고로 소설을 씀
- 1931년(23세)보성전문학교(普成專門學校) 상과에 다시 입학. 그 후 자퇴함(퇴학자 명단에만 있을 뿐 상세한 기록은 없음). 실레마을에 야학당을 열다. 농우회, 노인회, 부인회 조직. 농우가(農友歌) 지어 부름.
- 1932년(24세) 야학당을 금병의숙(金屛義熟)으로 넓히고 간이학교로 인가 받음. 6월 15일 처녀작 단편 심청(深靑)을 탈고(4년 뒤인 1936년 『중앙』에 발표). 충남 예산 등지의 금광을 전전함.
- 1933년(25세) 서울에 올라와 사직동에서 누님과 함께 기거. 폐결핵 발병 진단. 1월 13일 「산골 나그네」탈고, 안회남의 주선으로 『제1선』지 3월호에 발표. 8월 6일 「총각과 맹꽁이」 탈고, 『신여성』 9월호에 발표. 공식적으로 발표된 작품으로 처녀작은 「산골 나그네」가 됨. 사직동 시대 유정은 톨스토이가 되고자 함. 이석훈(李石薰), 채만식(蔡萬植), 박태원(朴泰遠), 이상(李箱) 등을 만남.

- 1934년(26세) 누님이 사직동 집을 처분. 혜화동 개천가에 셋방을 얻어 밥장사. 8월 「정분」 탈고. 9월 「만무방」 탈고. 12월 「애기」 탈고. 「노다지」, 「소낙비」를 12월에 탈고.(1933년의「따라지의 목숨」을 「흙을 등지고」로 개작, 신문사와 협의 「소낙비」가 됨) 안회남이 대신 신춘 문예 응모작으로 부침.

- 1935년(27세) 조선일보 신춘문예 현상문예 현상모집에 「소낙비」 1등 당선. 조선중앙일보 신춘문예 현상모집에 「노다지」가작 입선. 1월 20일 아서원에서 신춘문예 현상 1등 당선 축하회. 단편 「금따는 콩밭」 『개벽』 3월호, 「금」 발표지 미상, 1월 탈고, 「떡」 『중앙』 6월호, 「만무방」 『조선일보』 7월, 「산골」 『조선문단』 7월호, 「솟」 『매일신보』 9월, 「정분」의 개고작(『정분』이 『솟』으로 개작되었다), 「봄봄」 『조광』 12월호 등을 발표한다.

- 1936년 1월부터 8월까지 9편의 소설과 4편의 수필을 발표. 단편 「심청」 『중앙』 1월호, 「봄과 따라지」 『신인문학』 1월호, 「가을」 『사해공론』 1월호, 「두꺼비」 구인회 동인지 『시와소설』 3월호, 「봄밤」 『여성』 4월호, 「이런 음악회」 『중앙』 4월호, 「동백꽃」 『조광』 5월호, 「야앵」 『조광』 7월호, 「옥토끼」 『여성』 7월호 가 각각 발표됨. 미완의 장편소설 「생의 반려」는 『중앙』 8, 9월호에 연재됨.

- 1937년 병이 깊어져 김문집이 병고작가 구조운동을 벌임. 서간문 「문단에 올리는 말슴」을 『조선문학』 1월호에 게재. 수필 「강원도 여성」 『여성』 1월호, 「병상 영춘기」 『조선일보』 1월 29일~2월 2일 발표. 2월 조카 진수에 의지하여 경기도 광주군 중부면 신상곡리 100번지의 매형 유세준의 집으로 옮겨와 요양 치료함. 서간문 「병상의 생

각」을 『조광』지 3월호에 발표하고, 세상을 뜨기 11일 전인 3월 18일 「필승전」으로 되어 있는 마지막 편지를 안회남에게 보냄. 3월 29일 30세의 나이를 다 채우지 못하고 경기도 광주군 중부면 산상곡리 100번지 매형 유세준의 집에서 사망함. 서대문 밖(홍제동 화장터)에서 화장되어 유해는 한강에 뿌려짐.

- 1938년 단편집 「동백꽃」(三文社) 발간됨.
- 1939년 사후 발표된 소설로 「두포전」『소년』 1~5월호, 「형」『광업조선』 11월호, 「애기」『문장』 12월호가 있다.